Londense Decamerone

Productie en uitgeverij:
BoD – Books on Demand, Norderstedt
Copyright: 2017 Karl Heinz Landenberger
ISBN 978-3-7528-1739-3

Een dag in London

Ik hou van Londen (1.1)

Het is een onvergelijkbare stad, waar geschiedenis alomtegenwoordig is.

Al op de eerste dag van mijn verblijf ging ik een wandeling maken in Hydepark. Ik begon mijn wandeling bij Lancaster Gate, want daar in de buurt had ik een appartement gehuurd. De parken in Londen zijn oogstrelend. Het weelderige groen van het gazon, gezegend door het vochtige klimaat, ken ik alleen van de uitlopers in de Alpen. Hoewel de late herfst al was aangebroken, wemelde het park van joggers en sporters, bijna allemaal met blote benen omdat de temperaturen nog aan de milde kant waren.

De Londenaren zijn hondenliefhebbers in hart en nieren: uitlaten doen ze wel zes honden en tot drie aan elke hand. Van hondenpoep echter geen enkel spoor. Zo gedisciplineerd zijn de Engelsen. In tegenstelling tot de Fransen; zelfs in Zuid-Frankrijk aan de Côte d'Azur, loop je in de meest prestigieuze vakantieresorts van de ene hoop in de andere.

Het loof hing nog aan de bomen, vele struiken bloeiden en wilde cyclamen groeiden aan hun takken. Wandelend langs de indrukwekkende Italiaanse perken en zorgvuldig aangelegde meertjes, kwam ik uiteindelijk terecht bij de Speaker's Corner. Was ik maar fotograaf, ik had al deze schoonheden vastgelegd en gepubliceerd onder de titel "Impressions from London." Alles wat ik ooit op televisie heb gezien, verdween in het niets ten opzichte van de grootsheid die ik hier – in natura – heb beleefd.

Speaker's Corner

De man viel me onmiddellijk op. Hij stond bij een kleine groep mensen die luisterde naar een volledig getatoeëerde man en toekeken terwijl deze geleidelijk aan zijn kleren uittrok om alle tatoeages te tonen. Keer op keer schreeuwde hij "I'm a human being," hoewel niemand dat feit daadwerkelijk in vraag stelde.

Ik moet de aandacht van deze opmerkelijke luisteraar hebben getrokken, want hij kwam naar me toe en sprak me direct aan. Niet met "Waar kom je vandaan?" of "Hoe heet je?," hij wilde gewoon weten hoe ik het talent van de spreker beoordeelde. Eerlijk gezegd ben ik geen fan van tatoeages. Ik kan niet begrijpen hoe iemand zijn lichaam zo kan verknoeien. Over de opvoering zelf kon ik weinig zeggen. De getatoeëerde man sprak over de vier vrijheden die de mens toekomen volgens de Amerikaanse president Franklin Delano Roosevelt, en waarvoor de Amerikaanse soldaat naar de Tweede Wereldoorlog was getrokken.

Bohemians of Bigger London

De tot nog toe onbekende persoon die mij aansprak wist meer dan ik en vertelde me dat de tatoeages in de huid waren geëtst volgens de werken van de Amerikaanse schilder Norman Rockwell. Hij vertelde me ook dat de getatoeëerde man al jaren bezig was met deze opvoering en dat hij hem persoonlijk kende. Beiden behoorden tot een vrije groepering, de "Bohemians of Bigger London," die af en toe samenwerkten en uitvoeringen en evenementen in cafés en pubs organiseerden.

De voornaamste rol van mijn nieuwe kennis was het vertellen van verhalen, anekdotes, moppen en bijzonder eigenaardige voorvallen. Hij was taalkundig erg begaafd, polyglot en kon dus in bijna alle talen zijn verhalen aan de man brengen. Dit verklaarde ook meteen zijn bijnaam "Tusitala – Duizend –

Verhalen – Verteller." Een naam die de Samoanen ooit aan de schrijver van Schateiland gaven, die zijn gouden jaren in Samoa doorbracht.

Hyde Park

Al pratend kuierden we langs het Serpentine meer, gingen naar het Albert Memorial en het magnifieke Kensington Palace, ooit het verblijf van koningin Victoria – die haar naam gaf aan een heel tijdperk – en we liepen langs het Prinses Diana Memorial. We namen het Peter Pan Monument mee, waarna we weer aankwamen op mijn startpunt, Lancaster Gate. We waren echter zo verdiept in het gesprek dat we nog wat verder wandelden en uiteindelijk terug bij de Speaker's Corner belandden.

Politieke gesprekken (1.2)

Freedom from fear

Ons gesprek ging over de vier vrijheden. Vrijheid van meningsuiting, vrijheid van religie, vrijheid van wil, en de vierde vrijheid, vrijheid van angst. Deze vierde vrijheid was een belofte van de Amerikaanse president aan de mensheid om een wereld zonder angst te scheppen, zodra de vrede zou worden hersteld na de Tweede Wereldoorlog. Hij beloofde de wereld een Pax Americana in een tijd dat de Verenigde Staten nog niet eens ten oorlog waren getrokken. Het was een belofte dat er nooit meer oorlog zou zijn, de eeuwige vrede zou overheersen, Hitler zou worden geëlimineerd en plaats maken voor een wereldvrede onder Amerikaans leiderschap. Hiervoor moesten de Verenigde Staten echter eerst aan de oorlog deelnemen.

Intrede van de oorlog

Churchill was ongeduldig om ten strijde te trekken. Engeland kon de oorlog niet kon verderzetten zonder Amerikaanse hulp na de nederlaag in Duinkerken en de capitulatie van Frankrijk. Het Amerikaanse volk voelde er intussen niets voor om opnieuw een oorlog zoals de Eerste Wereldoorlog mee te maken. Churchill wist echter dat Engeland geen Europese oorlog kon winnen, maar alleen kans zou maken met een wereldoorlog aan de zijde van de Verenigde Staten. Roosevelt had hem in 1932 al beloofd dat Duitsland zou worden vernietigd, en dit keer ook direct met de grond gelijkt gemaakt zou worden.

Norman Rockwell

De Amerikaanse schilder schilderde een raadselachtig beeld om deze vierde vrijheid te illustreren. De getatoeëerde man droeg het op de borst, op de meest prominente plaats. Een jongetje en zijn zus liggen ziek naast elkaar in bed. De vader en moeder staan naast het bed en maken zich zorgen om de slapende kinderen.

Interpretatie

De bezorgde ouders zijn de twee wereldmachten *Uncle Sam* en *Britannia*. En net zoals de kinderen volledig vertrouwen op hun ouders, hoeft de globale samenleving ook niet bang te zijn voor deze twee wereldmachten. Ze zullen alle volkeren beschermen en bijstaan. Hiervoor moeten ze echter eerst worden ontwapend, zodat ze elkaar niet kunnen bevechten. Een ongewapende wereld zou geen oorlogen meer uitlokken en voorspoed en welzijn zouden uitsluitend worden gegarandeerd door de Verenigde staten en het Verenigd Koninkrijk. De ontwapening zou eerst Duitsland treffen "Nooit meer zal een Duitser een wapen in zijn hand houden." En dan zou Japan zich onvoorwaardelijk moeten overgeven en al zijn militaire bewapening moeten opgeven. Geleidelijk aan zouden dan alle andere krachten worden gedemilitariseerd.

Handvest van de Verenigde Naties

Dit idee komt ook tot uiting in het 'Handvest van de Verenigde Naties,' het geesteskind van Churchill en Roosevelt uit 1941. Onder de grootste geheimhouding ontmoetten Churchill en Roosevelt elkaar van 9 tot 12 augustus 1941 op het Britse slagschip *HMS Prince of Wales* in Placenta Bay bij Newfoundland. Kort daarvoor was Hitler de Sovjet-Unie binnengevallen. De twee politici gingen ervan uit dat Hitler zou winnen, waarna ze het verzwakte Duitse leger met gemak zouden kunnen vernietigen. Hier kwam de hulp van de meest krachtige bewapening die een staat ooit heeft opgebouwd goed van pas. Roosevelt's opdracht om deze te ontwikkelen dateerde van 1932, om volgens de "regel van 10 jaar" in 1942 operationeel te zijn.

Hoofdstuk 8 zegt: "Wij zijn ervan overtuigd dat alle mensen ter wereld om praktische en morele redenen moeten afzien van het gebruik van wapengeweld. Aangezien er in de toekomst geen vrede kan worden gehandhaafd zolang aanvalswapens kunnen worden gebruikt voor aanvalsdoeleinden, achten wij het noodzakelijk om alle naties te ontwapenen om een duurzaam systeem van algemene veiligheid te creëren. We ondersteunen alle maatregelen om de onderdrukkende wapenlast van vredelievende volkeren te verlichten."

Apolitiek

Ik kon alleen maar luisteren naar Houston. Hij vertelde me zoveel nieuwe dingen. Ikzelf was volledig apolitiek opgevoed, net zoals mijn gehele generatie. Ik wist alleen dat er nooit een nieuwe oorlog zou komen nadat Hitler verslagen was. Daarvan was ik overtuigd. Het was ondenkbaar dat er een tweede keer zo'n gek als Hitler aan de macht zou komen, die de wereld zou kunnen onderdompelen in een oorlog van een dermate vernietigende aard. Hitler was een absoluut uniek fenomeen, dat was duidelijk. Al mijn klasgenoten dachten net zoals ik, en mijn leraren vertelden me precies hetzelfde.

Dat de Amerikanen ons nu onbaatzuchtig beschermden en de hele bewapeningslast op zich wilden nemen, vond ik erg genereus. Ik heb deze gedachten gedeeld met mijn nieuwe vriend. Hij deelde mijn mening niet helemaal. Dat doe ik inmiddels ook niet meer. "Nooit meer oorlog" – een lege belofte van zegevierende machten. Een laag vernis die hun honger naar de absolute wereldheerschappij verbloemde.

Droom en realiteit

Bovendien verliep de oorlog helemaal anders dan Churchill en Roosevelt hadden voorspeld. Het bolsjewisme werd niet uitgeroeid. In tegendeel: Stalin werd almaar sterker, en leek de winnaar van deze oorlog te worden. Het was Stalin die Berlijn binnenviel, en niet de Amerikanen of de Engelsen. Na de Russische bezetting van de bondshoofdstad gunde Stalin zijn evenknieën slechts enkele sectoren in het westen van de stad.

In de Stille Oceaan haalde Chiang Kai Check het niet tegen de Japanners, en de Verenigde Staten moesten zelf ingrijpen om de Japanners te verslaan. De generalissimus verloor het Chinese vasteland, dat door Stalins nieuwe bondgenoot Mao Zedong veroverd werd met zijn 'Lange Mars.' Het bolsjewisme kreeg ook de overhand in het oosten. Nationaal China bleef alleen met het kleine eiland Taiwan – het voormalige Formosa – achter.

Twee nieuwe wereldmachten kwamen voort uit de oorlog. De Verenigde Staten en het Verenigd Koninkrijk moesten de wereldheerschappij gaan delen, alsook hun vetorecht in de Verenigde Naties. Niet twee maar vier spelers hadden het nu voor het zeggen. Dit betekent dat de oorlog voor de overheersing voortgezet werd. Het ideaal van de eeuwige vrede bleef eenzaam achter.

Het enige resultaat van de oorlog was de totale vernietiging van Duitsland en Japan.

Operatie Ondenkbaar

Churchill besefte het: "Ik heb het verkeerde varken geslacht," en hij wilde de oorlog een dag na het vredesverdrag in mei 1945 voortzetten. Hij liet de wapens van de meer dan 5 miljoen Duitse gevangen soldaten verzamelen. Ze moesten opnieuw worden uitgedeeld om de oorlog met de Russen verder te zetten, samen met de Amerikanen en Britten. De Amerikaanse generaals deden simpelweg niet mee. De landing in Normandië en de gevechten in het Westen waren – ondanks de enorme materiële uitrusting – zwaarder en dodelijker dan verwacht. De oorlog kon zonder enige pauze niet worden voortgezet en het kwam nu tot een koude oorlog. In het Verre Oosten lagen de kaarten anders.

De ene oorlog na de andere

De oorlog in de Stille Oceaan, die was begonnen in Korea en waar de Verenigde Staten Chang Kai Check in 1936 hadden voorzien van geld en wapens om tegen Japan te vechten, ging de oorlog onverbiddelijk door. Toen de VS deze rijke koloniën wilden bezetten nadat de Japanners waren verdreven, verzetten de Koreanen zich. Drie miljoen doden, allemaal Koreanen. Dat was de tol die de militaire operaties van de Amerikanen had geëist van het Koreaanse volk. Tot op heden is het noorden van Korea nog altijd niet veroverd. Er heerst nu een wapenstilstand die op elk moment kan worden verbroken. Een bijzonder gevaarlijke zaak, zoals tot op heden blijkt.

Daarna kwam Vietnam, dat niets voelde voor een overname door een Franse koloniale macht. De VS wilden hiervan handig gebruik maken om zelf hun heerschappij door te drukken. Ondanks de extreme gruweldaden, zoals de verachtelijke napalmbombardementen, was het niet genoeg om de Verenigde Staten een overwinning te bezorgen.

De interventie in Iran, de oorlog tegen Saddam Hoessein in Irak, Servië, Qadhafi in Libië, de bewapening van de oppositie in Syrië om een burgeroorlog uit te lokken, en meer dan 1200 militaire interventies hebben de Verenigde Staten op hun palmares. Dit was het resultaat van de belofte van een wereld zonder angst en het realiseren van de droom van eeuwige vrede. Je zou het kunnen verwoorden met Brecht: "De droom van vrede is nu niet langer een droom, maar rauwe werkelijkheid."

Côte d'Azur (1.3)

Herinnering

Door deze gesprekken leerden we elkaar verrassend snel kennen. Ik hoorde ook veel over zijn familie, over zijn kindertijd en jeugd. Dat hij al vroeg zijn eigen weg ging, tegen de wil van zijn ouders en tegen de familietraditie in, niet met studies in Oxford en een voor de hand liggende carrière, maar als een zwerver, een globetrotter en uiteindelijk als freelance-schrijver. Als tiener kampeerde hij graag met vrienden aan de Franse kust van de Middellandse Zee. De herinneringen kwamen bij ons beiden op het water drijven. Zo herinnerden we ons dat we elkaar een aantal jaren na de Tweede

Wereldoorlog al eerder hadden ontmoet op het strand voor de Negresco in Nice.

In die tijd was het strand nog bezaaid met kiezels, grof grind. Pas later werden er hopen zand naar het strand gebracht. Tegenwoordig zijn alle hotels en restaurants trouwens eigendom van rijke oliesjeiks. Hij was bij zijn vrienden, de mooie Cynthia, Douglas en Charles. Zijn voornaam was Houston. Ik werd toen opgenomen als Henry in dit klavertje vier. Ik was 16 jaar oud, twee jaar jonger dan mijn nieuwe vrienden, en vroeg me ernstig af of ik mijn burgerlijk bestaan achter me zou laten om met deze vier Londenaren rond de wereld te trekken.

Opgeleide middenklasse

Mijn cultureel overijverige ouders bezochten het huis van de beroemde impressionist Auguste Renoir en het Grimaldi-paleis in Antibes, waar Picasso zijn beroemde schilderij 'La Joie de vivre' schilderde en alle andere plaatsen waar zoveel beroemde schilders hadden gewerkt. Ze wilden geen enkele van de beroemde musea en studio's van grote kunstenaars missen. Zuid-Frankrijk was, vooral na 1945, een paradijs voor schilders maar lang daarvoor hadden van Gogh en Gauguin in Arles al in de Provence geleefd.

Straatkunstenaars

Mijn vier vrienden waren niet geïnteresseerd in werken die anderen hadden gemaakt. Ze waren zelf kunstenaars. Charles ontwierp prachtige straattekeningen op de stoep. Meestal karikaturen van levende politieke grootheden. Generaal de Gaulle met een enorme neus of Churchill als kleine dikzak met een sigaar. De geldstukken en het lof vlogen hem om de oren op de promenade.

Cynthia was getalenteerd met het penseel en opmerkelijk goed in portretteren. Ze zette haar kleine, wankele schildersezel op en er was haast geen voorbijganger die geen portret van haar kocht omdat ze gewoon zo leuk waren.

Douglas had een erg mooie stem en speelde uitstekend gitaar. Hij ging op de kademuur zitten en speelde de nieuwste meezingers van Edith Piaf, zoals 'Allez venez Milord.' Hij zong ook Engelse *shanties*:

> My Bonny is over the ocean.
> She drank gin. He drank rum.
> I'll tell you they had lots of fun.

Zijn pet bleef nooit leeg.

Houston was taalkundig erg begaafd, hij vertelde de laatste moppen in het Italiaans, Frans, Engels en zelfs Duits – afhankelijk van het publiek dat zich om hem heen had verzameld. Het gelach waarvoor hij zorgde was altijd het luidst. Hoe hij fooien wist te krijgen, ik weet het niet. Ik denk dat hij deed alsof hij een politieke vluchteling was, maar het zo grappig vertelde dat niemand hem geloofde.

Ongedwongen vakantie

Mijn vier Londense vrienden hadden hun tent ergens opgezet in een tuin van een peperdure vakantievilla die op dat moment niet bewoond was. Ze brachten de hele dag op het strand door. Wanneer ze honger hadden, telden ze hun Franse franken en gingen na of ze voldoende hadden voor een 'Vin du Postillion', een stokbrood, tomaten, druiven of een beetje ham. Zo niet, dan begonnen ze te 'werken' op de Promenade des Anglais.

Het duurde nooit meer dan twintig minuten voordat de vier kunstenaars samen het geld voor een maaltijd hadden verzameld. Eerlijk gezegd denk ik dat ze allemaal briljant waren. Ik wilde met hen reizen als globetrotters en de hele wereld zien. Mijn deelname aan hun levensstijl was van korte duur omdat ik hen gewoonweg niet kon bijhouden. Ik was dan wel diegene die heel goede cijfers haalde op school. Maar dat was het dan ook wel zo'n beetje.

Afkomst

Ik ontdekte al snel meer over hun afkomst. Ze kwamen allemaal uit invloedrijke families. Cynthia was zelfs van adel. Haar moeder was hofdame in de Engelse koninklijke familie. Ze was familie van de Mitfords en daardoor verwant met Clementine Hozier, ook van adel én de vrouw van Churchill.

Douglas was verwant met de befaamde staatsman Hamilton, die eigenaar was van kasteel Dungavel in Schotland, een groot landgoed met eigen vliegveld. Rudolf Hess zou er zelfs landen in 1941.

Charles was verwant met Lord Halifax, de Engelse minister van Buitenlandse Zaken, die werd uitgenodigd om te jagen in het groteske Carinhall en de naam 'Halalifax' kreeg van Göring.

Houston was zelfs familie van de vooraanstaande familie Chamberlain, die veel grote politici heeft voortgebracht. Minister-president Nevillle Chamberlain schopte het zelfs tot premier. Geen wonder dat deze vier vagebonden uitzonderlijker waren dan normale mensen.

Kunstenaars op leeftijd

Houston had nog steeds een relatie met deze vrienden, ze woonden in Londen, net zoals hij. Nog niet zo lang geleden hadden Cynthia en Charles een straattekening gemaakt op Trafalgar Square, wat hen zelfs een rechtszaak opleverde. Ze hadden nu een vast inkomen en werkten als illustrators van boeken.

Douglas had financieel minder succes met zijn 'Concert voor hobo en twaalf typemachines.' Hij maakte nog steeds straatmuziek en verdiende iets bij als entertainer in cafés en pubs.

Houston voelde zich een schrijver, zonder ooit iets echt te hebben verwezenlijkt. Hij plande een groot werk: duizend jaar wereldgeschiedenis in duizend korte verhalen. De vier waren echt niet slecht, maar zonder de steun en het erfgoed van hun rijke families hadden ze hun levensstijl op latere leeftijd nooit kunnen behouden. Ze hadden ervoor moeten werken, net zoals ik.

Dat onze wegen elkaar kruisten, eerst in Nice en vandaag weer met Houston aan de Speaker's Corner, was puur toeval. Dat hieruit een blijvende vriendschap en samenwerking voortvloeide, was het lot.

Londense pubs (1.4)

The Swan

Het was tijd om een biertje te drinken. We gingen naar 'The Swan,' een bruisende en traditionele pub aan de overkant van de straat en Houston's stamcafé. De houten banken en tafels in de voortuin waren leeg. Het was te guur om buiten te zitten, maar binnen zat het behoorlijk vol. We vonden een lege tafel, net rechts van de voordeur. Er was een grote tafel met collega's die samen middagspauze hielden. Ze haalden hilarische grappen uit. Toen de buurman een tafel verder even niet keek, werd zijn volle glas verwisseld met een leeg glas, of als iemand even zijn plekje verliet, knoopten ze de mouwen van zijn jasje aan zijn stoel, en noem maar op. Ik realiseerde mij dat die Engelsen toch wel het beste haalden uit hun werkdag. Het interieur was opgebouwd uit gezellige hoekjes en typische verhoginkjes met balkons. Halverwege de

14

trap was er een tafel met tien tot twaalf vrouwen, verdiept in gezelschapsspelletjes. Ze leken erg geëmancipeerd en hoefden duidelijk niet te koken voor hun mannen.

How to get a beer

Ik stoorde me een beetje aan de ober, die een paar keer langs ons liep zonder om te kijken, totdat mijn nieuwe vriend me uitlegde dat je in pubs het bier zelf moest halen. Ik ging dus naar de bar, waar keuze was uit verschillende vers getapte bieren van het vat. Houston gaf me duidelijke instructies: "Breng me een biertje uit het vierde vat." Het bier moest meteen worden betaald want in een stad als Londen kon je wel vergeten om later je biertjes even af te rekenen. Eigenlijk best praktisch. Geen problemen met achterstallige betalingen.

Fish & chips

Van drinken krijg je honger, dus stelde Houston voor om 'fish and chips' te eten. Ook dat moest worden besteld aan de bar en meteen worden betaald. Ik stond op het punt Houston uit te nodigen, maar merkte dat ik lichtelijk geïrriteerd raakte door het gemak waarmee hij mij liet betalen voor zijn portie. De vis, een verse kabeljauwfilet, smaakte erg goed. De chips waren vergelijkbaar met gewone friet, maar dan wat breder. Ze waren echt lekker – de perfecte balans tussen knapperig en zacht. Mijn bestelling had een nummer dat ik op een vlaggetje mee had gekregen en nu op tafel stond. De ober was er vliegensvlug, met op zijn dienblad een vlaggetje met hetzelfde nummer. Dat ging behoorlijk vlot. Ik stelde opnieuw vast hoe praktisch die Engelsen wel zijn. Eetpiraten kregen gewoon geen kans.

Fouquet's

In Londen had me nooit kunnen gebeuren wat me overkwam in Fouquet's in Parijs. Een eervolle oudere man had me benaderd op de stoep voor het restaurant – ik was toen een 'arme student' – of hij me mocht uitnodigen. Ik was verrast maar ging graag op zijn gulle aanbod in. We aten uitgebreid in het chique restaurant, totdat de vrijgevige heer naar het toilet moest en nooit meer terugkwam, zodat ik geen andere keuze had dan de volledige rekening te betalen.

Galg

Voordat Houston en ik de Swan verlieten, vroeg Houston me: "Wist je trouwens dat vierhonderd jaar geleden, op deze plaats, ter dood veroordeelden hun galgenmaal kregen?" De galg stond op de tegenoverliggende straatkant, precies op de plek waar vandaag Speaker's Corner staat.

Vreemd hoe zo'n plek dramatisch van functie kan veranderen. Waar mensen zich ooit haasten om het laatste benengetrappel van een opgehangen vrouw te zien, lachen ze vandaag om de verwarde toespraken en de vrijwillige opvoeringen van voornamelijk psychopathische persoonlijkheden. Vreemd, de 'genius loci' blijft op de of andere manier rondwaren.

Omdat Houston zoveel afwist van de Engelse geschiedenis en zijn geboorteplaats zo goed kende, vroeg ik hem om me alle oude, traditionele pubs te laten zien. Het volledige programma. We hadden allebei tijd, ik had mijn professionele leven achter me, mijn kinderen waren het huis uit en Houston was zijn leven lang vrijgezel gebleven.

Dag twee

Het huis in East End (2.1)

Paddington Station

De volgende dag was het plan dat ik hem thuis in East End zou bezoeken. Toen ik de volgende ochtend vertrok, had ik natuurlijk niet gedacht aan de ochtendspits. Ik wilde gewoon vanuit Paddington Station vertrekken, maar het perron was al zo afgeladen vol dat in de trein zelf raken vanaf het begin hopeloos was. Ik besloot eerst op een van de bankjes te gaan zitten en de drukte voorbij te laten gaan.

De treinen kwamen om de twee minuten aan. Van achteren duwden de mensen die vooraan stonden in de wagens tot ze zo vol waren dat er geen speld meer tussen was te krijgen. Bij de volgende trein herhaalde het spektakel zich. Fascinerend. Voor mij dan toch, niet voor die arme mensen die er elke dag door moesten!

Ik moest ooit in die trein zien te geraken. Door een massa passagiers die het uitzicht blokkeerden zag ik aan de zijkanten bovenaan in de wagon foto's van de schuilplaatsen en behulpzame vrouwen die koffie en cake brachten naar gevluchte mensen. Het waren herinneringen aan de eerste Duitse luchtaanvallen op Londen. Ook hier weer een historisch bewustzijn dat leeft. In geen enkele Duitse stad heb ik herinneringen aan bombardementen gezien, hoewel het leed minstens even groot was geweest.

Eindelijk arriveerde ik in East End en vond al snel het huis dat Houston me had beschreven. East End is nu een hippe, rijke kunstenaarswijk, maar ooit was het de armste buurt van Londen. Het huis van Houston dateert uit de tijd dat er arme dokwerkers woonden.

Archieven, notities, manuscripten

Hij was nog steeds druk bezig om orde te scheppen in de chaos van zijn boekenkamer. Een typische drang als er 'bezoek' komt. "Orde is altijd een beetje moeilijk geweest voor me," zei hij over zijn opruimactie, "dat is waarschijnlijk ook de reden waarom mijn plan om al mijn verzamelde verhalen in de juiste vorm te brengen tot nu toe mislukt was". Een gigantisch ijverwerk. Een van de grotere dichters zei: 'Een genie heeft 5% talent en 90% ijver'. Ik heb misschien wel het 5% talent, maar de 90% ijver ontbreekt duidelijk."

Begroeting

Eerst wilden we onze hernieuwde kennismaking vieren met een keurig glas wijn. Houston had, naast de geliefde Port en Sherry, ook droge witte wijnen in zijn kelder. Uit Californië, Chili en Australië. Hij was een wereldreiziger en het ontbrak hem ook bij wijn niet aan kennis. Ik voelde me lekker in mijn vel en hij genoot er zichtbaar van om zijn schrijfproblemen met iemand te bespreken.

Het noodlottige jaar 1932

Het begin van mijn verhalencollectie zal worden gevormd door het noodlottige jaar 1932 en de gebeurtenissen worden zowel voorwaarts als achterwaarts. In hoeverre hij dit jaar als cruciaal vertrekpunt had gekozen, wilde ik weten. Voor mij had dit jaar geen bijzonder symbolische kracht. Hij zag het als een keerpunt in de Amerikaanse politiek. In 1932 slaagde het Amerikaanse establishment erin om de herverkiezing van de beste president die de Verenigde Staten ooit had te voorkomen.

Herbert Hoover werd weggestemd en de gevestigde machten duwden hun mannetje naar voren: Franklin Delano Roosevelt.

Hoewel ook hij vrede had beloofd aan het Amerikaanse volk, was dit alleen om de kiezers van zijn tegenstander, die verlangden naar vrede, weg te snoepen. Zijn ware bedoeling was duidelijk: "I need a big war." Hij dacht aan de oorlog in de Stille Oceaan, een oorlog die Hoover kost wat kost wilde voorkomen, en de oorlog tegen Duitsland, dat hij uiteindelijk wilde vernietigen.

Hoover

Hij was van mening dat we geen veroveringsoorlogen nodig hadden en geen extra rijkdom moesten vergaren. De Verenigde Staten zijn al rijk: als we ons land ontwikkelen, wegen en spoorwegen aanleggen, onze onverzadigbare mijnen en onze industrie opwaarderen, dan hebben we een reële kans om armoede te bestrijden. Moderne technologie stelt elke Amerikaan in staat een eigen huis te hebben. Een idee dat natuurlijk niet naar de zin was van het establishment, omdat armen en behoeftigen veel gemakkelijker te onderdrukken zijn dan zelfverzekerde, onafhankelijke en rijke burgers.

Verkiezingsresultaat van 37%

Het was nog altijd 1932, F.D. Roosevelt was president en de leider van de NSDAP boekte zijn eerste grote verkiezingsoverwinning met 37% van de stemmen. Ondanks het oorverdovende verzet van alle andere partijen, kreeg Hitler uiteindelijk de opdracht om een regering te vormen geleid door zijn partij en werd hij benoemd tot kanselier.

Hitler en Roosevelt waren vanaf 1932 aartsrivalen en bleven dat tot het einde van de Tweede Wereldoorlog. Roosevelt werd voor de tweede keer verkozen in 1936 en in 1940 voor de derde keer, hoewel slechts twee ambtstermijnen voorzien waren. In 1944 slaagde hij er een vierde keer in. Uniek in de geschiedenis van de Verenigde Staten. In die tijd verkeerd hij echter al in zo'n slechte gezondheid dat hij het einde van de oorlog, de vernietiging van Hitler en de oorlogsstrijd tegen Japan niet meer meemaakte.

De dictator

Hitler schafte met de machtigingswet van 1933 het kiesrecht af en werd dictator voor het leven tot aan zijn zelfmoord in het voorjaar van 1945, toen het Russische leger Berlijn binnenviel. Dat Hitler aan de macht kwam met slechts 37%, wat eigenlijk betekende dat bijna 2/3 van het volk tegen hem was, is bijna net zo indrukwekkend als het feit van de 70 moordpogingen die op hem gericht waren, geen enkele tot een succesvol einde werd gebracht.

München (2.2)

Zoon Randolph

Houston vertelde verder. Een van de eersten die zich realiseerde dat Hitler een zwaargewicht was op het politieke toneel was de oude en geslepen vos Churchill. In eerste instantie liet hij zich positief uit over Hitler: "Als mijn eigen land zo verwoest zou zijn als Duitsland onder de Verdragen van Versailles, dan zou ik me een man zoals hij alleen maar kunnen wensen."

Zijn politieke carrière was voor hem vanaf het begin zo interessant dat hij zijn zoon Randolph de opdracht gaf om elk van zijn verkiezingsevenementen bij te wonen en verslag uit te brengen aan Londen. Waar kwam dat buikgevoel vandaan? In een tijd waar de politieke leiders in Duitsland de nieuwkomer nog lang niet serieus namen, zelfs de spot met hem dreven.

De missie van Randolph werd door de vader als hoofdsecretaris van de geheime dienst bewaakt, en mocht officieel dus helemaal niet geweten zijn. De zoon woonde daarom als gast bij de familie Hanfstaengl in München.

Hanfstaengl

Hanfstaengl sprak perfect Engels. Hij bezat de belangrijkste galerij in New York vóór de Eerste Wereldoorlog en woonde er vele jaren. Toen de Verenigde Staten in 1916 de oorlog aan de Duitse keizer verklaarden, werd hij samen met zijn gezin geïnterneerd, waarna zijn volledige bezit werd onteigend zonder compensatie en als "Values of enemy people" werd bestempeld. De echte reden: hij was een Duitser. Zijn fortuin zag hij nooit meer terug. Dit was overigens het geval voor alle Duitsers in de Verenigde Staten, Canada, Australië en de boeren in de Duitse kolonies in Afrika.

Hanfstaengl was erg verbitterd over dit onrecht en dat was de belangrijkste reden waarom hij een van de meest ijverige volgelingen van Hitler werd. Omdat hij Engels sprak, verzorgde hij de buitenlandse contacten van Hitler met de "English speaking people."

Hotel Continental

Direct na zijn verkiezingsoverwinning met 37% wilde Churchill een ontmoeting met Hitler. Zijn wens werd gemakkelijk en volledig onder de radar overgebracht door zijn eigen zoon en Hanfstaengl. De vergadering moest plaatsvinden als per toeval. Churchill schreef in die tijd over zijn voorvader John Churchill Duke of Marlborough. Naar verluidt moest hij onderzoek doen naar zijn beroemde veldslag in Höchstädt. Daar versloeg zijn beroemde voorvader, samen met Prince Eugene, de Zonnekoning Lodewijk XIV zo verpletterend dat zijn toenmalige overheersing in Europa helemaal voorbij was. En dit is ook waarom hij op dat moment in München zou zijn. Hij had zelfs zijn vrouw Clementine bij zich, waardoor het een persoonlijke aangelegenheid werd. 's Avonds kwam Hitler regelmatig naar de Continental om een politieke gebeurtenis te vieren. Na een diner nam hij een kijkje in de eetzaal en ontdekte er toevallig en tot zijn grote verbazing de familie Churchill. De zoon was er natuurlijk ook bij. De pers is nooit op de hoogte geweest van Churchills aanwezigheid in München.

Duits-Britse samenwerking?

Over wat Churchill 'achter de hand had,' valt alleen maar te speculeren. Het idee van een Duits-Britse samenwerking, zoals Hitler in 'Mein Kampf' suggereerde, kende in die tijd een aantal volgelingen in Engeland. Zelfs de toenmalige koning Eduard VIII uitte zich als voorstander. Duitsland moest orde scheppen op het continent. Concreet betekende het dat het land moest vechten tegen het marxistisch-communistische bolsjewisme en dat het Britse imperium de vrijheid van de wereldzeeën moest garanderen.

Misschien wilde Churchill van Hitlers strijd tegen het bolsjewisme een voorbeeld maken van hoe Stalin kon worden bestreden.

Gemiste kans

Het diner van de familie Churchill liep ten einde en het dessert was al opgegeten maar van Hitler was nog steeds geen spoor. Hanfstaengl, die als tolk zou optreden, vermoedde dat er iets was voorgevallen en wilde aan de receptie gaan telefoneren toen hij Hitler in de lobby tegen het lijf liep. "In godsnaam! Waar blijft u toch? Churchill wordt ongeduldig." Maar Hitler gaf nul op rekest. "U wordt hier absoluut niet in het openbaar gezien." Hitler liet zich niet ompraten en liet de ontmoeting, waarmee hij zelf akkoord was gegaan, zonder pardon voor wat ze was.

Vraag

Hoe kwam het tot deze belediging? Was het gewoon een uiting van extreme antipathie? Voor Hitler was Churchill altijd maar de 'dronken journalist' geweest. Churchill stond erom bekend dat hij zijn hele leven kampte met alcoholproblemen.

Of was het Hitlers angst dat zou uitkomen dat hij zijn volledige verkiezingscampagne had laten financieren door Baron Rothschild. Het was bekend dat Hanfstaengl fondsen en donaties verzamelde uit de Engelssprekende wereld voor de partij van Hitler en volgens de geruchten zou de zoon van Churchill het geld aan Hanfstaengl hebben overhandigd, zodat het nergens officieel kon opduiken.

Bij de overname van de partij door Hitler, hij had deze namelijk niet zelf opgericht, zat er welgeteld zes mark en twaalf pfennig in de partijkas. Het lidmaatschap was te verwaarlozen. Hitler zou naar verluidt het nummer 555 (het echte getal des duivels) hebben gekregen. In 1932 was er echter al wel een bombastisch partijhoofdkwartier in München. Waar kwam dat geld vandaan? Had de jood Rothschild een jodenhater als Hitler echt gefinancierd? Hitlers aanhangers zouden het hun leider nooit hebben vergeven.

Antisemitisme

"Maar het is toch volslagen absurd dat een jood als Rothschild antisemitisme zou financieren," protesteerde ik. "Het lijkt op het eerst zicht zo," antwoordde Houston. "Maar als je bedenkt dat Rothschild een orthodoxe jood was en niet atheïstisch, zoals veel moderne joden, en dat hij de assimilatie van Duitsers en joden als uiterst kritisch beschouwde omdat het uiteindelijk de identiteit van het joodse volk teniet zou doen, dan kan je het zien als een bepaald soort antisemitisme voor hem erg wenselijk zou kunnen blijken."

Joden en Duitsers

De relatie tussen joden en Duitsers was destijds uniek in Duitsland. Nergens waren er zoveel 'gemengde huwelijken.' Nergens vonden de joden zoveel erkenning als schrijvers, als virtuozen op de piano en de viool of als acteurs. Er was een ontzettend rijke joodse gegoede klasse. Zelfs een gevierd schrijver als Thomas Mann zag geen probleem in een huwelijk met de rijke Katja Pringstein, dochter van een joodse bankier.

Immigratiebeperking

Een bijkomend gevolg dat Rothschild zich had gewenst was dat de discriminatie van joden vele joden zou doen emigreren, waarbij hij hoopte dat ze naar Palestina zouden trekken.

De meesten wilden echter naar de Verenigde Staten. Daarom was hij het met Franklin Roosevelt eens dat het quotum voor immigrerende joden werd gehalveerd. Van 60.000 naar 30.000 per jaar.

Er kwam geen einde aan de tragische spelingen van het lot, zoals dat van de familie van Anne Frank die geen toegangsvergunning kreeg voor de Verenigde Staten, hoewel haar moeder een familielid was van de vrouw van de president, Eleanor Roosevelt.

To kill Hitler

Hoe reageerde Churchill op deze belediging? "Hij was zo boos dat hij zich liet ontvallen Hitler te willen vermoorden – dat was vanaf dan het enige doel van elke politieke beslissing. 'To kill Hitler that was the only thing I was interested in and that made all very easy.' Hij had de unieke kans om mij persoonlijk te zien. Dat zal nooit meer gebeuren, en dat was waar."

Toen hij kanselier was, nodigde Hitler Churchill twee à drie keer uit naar zijn Berghof in Berchtesgaden. Churchill antwoordde niet eens. De narcistische Churchill kon of wilde deze provocatie niet verstoppen. De twee aartsvijanden van de 20e-eeuw hebben elkaar dus nooit persoonlijk ontmoet.

Bovennatuurlijk

Deze extreme wending van welwillend oordeel naar de totale ontkenning van een mens is moeilijk uit te leggen. Het is opmerkelijk dat de redding van de mensheid voor Churchill al in 1932 gepaard ging met de vernietiging van Hitler. Omdat Hitler tot dan toe geen politiek ambt had bekleed, had hij nog steeds geen gelegenheid gekregen om zijn inmiddels beruchte gruweldaden uit te voeren.

Onbekende krachten die zich afspeelden in de achtergrond moeten hun invloed hebben uitgeoefend. Dit past bij een verhaal dat door fans van het esoterische erg wordt gesmaakt. Tijdens de Eerste Wereldoorlog stonden de twee aartsvijanden op hetzelfde tijdstip in dezelfde sector aan het Vlaamse front tegenover elkaar in de loopgraven.

Churchill moest aftreden na de catastrofe van Gallipolli. Hij bood zich aan als vrijwillige soldaat aan het front om sympathie te winnen. Hij had natuurlijk voor een officierskazerne ver achter de frontlinie kunnen kiezen, maar daar heerste een alcoholverbod en dus koos hij het eenvoudige leven van de infanterie in de loopgraven, waar het de gewoonte was dat soldaten zich moed indronken.

Hoewel Churchill beweerde dat hij een doorgewinterd materialist was, liet hij zich door Crowley toch iets bijbrengen over zwarte magie. Het beroemde Victory-teken dat hij hem had aangeleerd was volgens Crowley een magisch teken tegen de uitgestrekte arm van de Hitlergroet, en symboliseerde in werkelijkheid niet de overwinning, maar verwees naar de duivel Baphomet met twee horens.

Churchill zei in de loopgraven een soort visioen te hebben gehad: zijn historische tegenstander zit in de vijandelijke loopgraven vlak tegenover hem, maar hij is op dit moment nog maar een kalf en moest eerst uitgroeien tot een krachtige stier, voordat Churchill het gevecht met hem kon beginnen.

Aan de andere kant

Hitler meldt dat hij zich samen met tien kameraden in de loopgraven bevond toen een stem, die sterker was dan zijn wil, hem dwong om naar de rand van de loopgraaf te gaan. Hij was er nauwelijks toen ze getroffen werden door een granaat. Toen hij terugkeerde kon hij alleen maar vaststellen dat zijn 10 kameraden dood waren. Voor Hitler was dit het bewijs dat zijn strijd geen individuele zaak was, maar dat hij door de Voorzienigheid Gods was gekozen om dit gevecht te doorstaan

Theems – Terrassen (2.3)

Londinium

Voor de lunch wilden we naar de terrassen aan de Theems gaan. Er zijn geweldige restaurants met uitstekende lokale en internationale gerechten. Het is een plek doordrenkt met geschiedenis en de kiemcel van Londen, die door de Romeinen werd uitgekozen om zich te vestigen. De muurresten kunnen vandaag nog steeds worden bezocht.

Duizend jaar later bouwden de Normandische veroveraars het kasteel, koninklijk paleis en de Tower. Hij maakt nog steeds indruk door zijn eenvoudige elegantie. Het is een plek om te mediteren en we konden er ook gewoon naartoe wandelen. Onderweg vertelde Houston me meer verhalen, ze leken spontaan uit hem stromen. Een enkel trefwoord was genoeg om een heel verhaal aan te boren.

Spotlied

Weet je hoe de Fransen wraak namen voor de nederlaag bij Höchstädt? Ze maakten van Marlborough het mikpunt van spot in een spotliedje dat iedereen al van in de kleuterschool kent.

Marlborough s'en va-t-en guerre
Il a mis ses culottes à l'envers

Hij trekt ten oorlog, maar hij trekt zijn broek binnenstebuiten aan. Deze held kan zijn broek niet eens goed aantrekken. "Haal je het niet door elkaar lieve vriend? Bij mijn weten was het 'Le bon roi Dagobert qui a mis ses culottes à l'envers?"

Prins Eugenius

Wat de Zonnekoning echter nog meer heeft geschaad was dat prins Eugenius, die de Oostenrijkse troepen leidde, zich had verenigd met het Engelse leger en verantwoordelijk was voor de nederlaag. Prins Eugenius wilde eigenlijk zijn militaire carrière bij Lodewijk XIV beginnen, maar deze lachte hem alleen maar uit: "Zo'n dun en klein kereltje als jij heeft niets te zoeken in mijn koninklijke leger."

Daarop stelde de jonge prins zichzelf voor aan de Habsburgse keizer in Wenen en werd een van de grootste veldheren, niet alleen in gevechten tegen de Turken maar ook tegen het keizerlijke Frankrijk.

Hij was overigens afkomstig uit een vorstenhuis dat verwant was aan alle Europese heersende families. Daarom tekende hij altijd en vol trots in drie talen. De eerste naam Eugenio in het

Italiaans, de nobele titel 'von' schreef hij in het Duits en Savoye in het Frans. Een Oer-Europeaan, zeg maar.

Höchstädt

Het is duidelijk dat zulke grote overwinningen ook goed moeten worden gedocumenteerd. Daarom vergezelden historici alle legers in de strijd. De glorieuze geschiedenis, die nog eeuwen daarna zou weerklinken, werd alleen gegarandeerd door een geschreven document. Deze ambtenaren behoorden tot de bestbetaalde van zowel de Engelse als de Franse koning. Hun jaarlijks inkomen was vergelijkbaar met dat van de generaals.

Tijdens de Slag bij Höchstädt werd hun kunnen echter op de proef gesteld. De ö en ä konden niet correct in het Engels worden geschreven vanwege het deelteken. En dan was er nog het 'ch-probleem.' Het bestond niet in het Engels en over de uitspraak zwijgen we best. Met de handen in het haar vroegen ze zich af of er geen plaats in de buurt was, die gemakkelijker in het Engels kon worden weergegeven. Er was een dorp namens Blindheim, of Blendheim, zoals het door de Schwaben werd genoemd (Höchstädt ligt aan de Donau, in de buurt van Ulm). Het dorpje Blendheim werd door de historici overgenomen als Blenheim. Er mist dus gewoon een d.

Ondanks de omstandigheden vonden ze dat ze het taalprobleem betrekkelijk goed hadden opgelost. Het was voor de Engelsen nu de Slag van Blenheim. En zo heette ook het paleis, dat de Engelse koning zijn zegevierende generaal schonk als een teken van dank.

Paleis Blenheim

Dit pralerige paleis wordt nog steeds geërfd door de eerstgeboren afstammelingen van de hertog van

Marlborough. Churchill was erg trots dat hij in dit paleis werd geboren, hoewel zijn vader op de derde plaats stond en het paleis dus niet echt bezat. Churchill vond het echter symbolisch dat zijn wieg hier stond, en in zekere zin dus de feitelijke opvolger van Marlborough was.

Het grote bal

De oudste broer organiseerde elk jaar een grote bal, waarbij alle familieleden werden uitgenodigd. De moeder van Churchill, een vrolijke, opvallend mooie en jonge vrouw was zes maanden eerder met zijn vader Randolphe Churchill getrouwd en wilde zo'n bal natuurlijk niet missen. Ze danste hartstochtelijk, zoals ze dat altijd deed, maar kreeg onverwacht weeën. Nauwelijks in staat om het toilet te bereiken en te gaan zitten, glipte de kleine Winston er als het ware uit maar kon ze hem gelukkig bij zijn voeten grijpen, zodat hij niet in de beerput zou belanden.

Ik onderbrak Houston en zei: "Hier haalt de poëtische verbeelding je wel wat in. In zo'n paleis was er toch vast een echt toilet?"

"Misschien. Maar alsnog werd de jonge Churchill dan wel geboren in een vorstelijk paleis, maar op een plek die niet bepaald vorstelijk was."

Deze geboorte doet ook de vraag rijzen of het een vroeggeboorte in de zesde maand was, zoals aanvankelijk werd aangenomen, want ze waren pas zes maanden getrouwd. Ondertussen werd echter officieel bevestigd dat Jenny al drie maanden zwanger was op de bruiloft. En van de plee werd al snel de garderobe of de jassenkast gemaakt.

Syfilis

De tweede vraag is of Randolphe de biologische vader van Churchill was. Hij had, zoals iedereen weet, een ziekte die van hem geen droompartner voor jonge meisjes maakte. Toen de moeder van Churchill opnieuw zwanger werd, leefde Randolphe nog steeds en hoewel hij al vroeg stierf vanwege zijn ziekte, was het vrij duidelijk dat hij niet de vader van het tweede kind was.

Churchill kreeg dus een halfbroer. Het gerucht ging dat de biologische vader van Winston Churchill ook niet de vader was die hij kende. Het is niet zeker of Churchill dit zelf wist. Nadat hij de meerderjarigheid had bereikt, werd hij vrijwel onmiddellijk naar Cockran in de Verenigde Staten gestuurd, die zijn opleiding en zijn politieke vorming tot zijn taak maakte.

Cockran was in zijn tijd een van de belangrijkste Amerikaanse politici. Hij was vier keer presidentskandidaat en haalde het telkens net niet. Hij was ook een gerenommeerd schrijver en Churchill zag in hem een van zijn grote rolmodellen, net zoals in Disraeli, een groot politicus en eminent schrijver in Engeland.

Churchill is in feite vergelijkbaar met beide, omdat hij naast zijn politieke functies geweldige dingen heeft gedaan als journalist en auteur. Dat hij de Nobelprijs voor Literatuur ontving, is dan ook geen wonder.

Dooplied

Houston bekende me dat hij er ooit aan dacht om een musical met Douglas te schrijven. Met het stuk wilde hij de spot drijven met de hele situaties.

Om Cockran de schande van een onwettig kind te besparen, een blaam die onvermijdelijk zou zijn geweest in de Verenigde

Staten, had Baron von Rothschild zijn naaste collega Randolph Churchill gevraagd om zijn vriend te redden en met Jenny te trouwen.

> Eerst met Cockran vrolijk en vrij in zee,
> Mijnheer Baron deed doodleuk mee.
> Een echtgenoot, die er geen was,
> maar wat nog erger is:
> zijn jongeheer had een beetje last van syfilis

Douglas componeerde een driedelige canon en noemde hem het Dooplied. Hij leende de melodie van de River Kwai-mars, waarop de Engelse soldaten "Hitler has got only one ball" (Hitler heeft maar één teelbal) zongen.

Randolph heeft het bij Koningin Victoria bijvoorbeeld voor elkaar gekregen dat Baron von Rothschild de adellijke titel van Baron kreeg, hoewel Victoria geloofde dat het onmogelijk was om een Jood in de adel te verheffen. Randolph zou hebben gezegd: "Majesteit, als u zijn geld niet zou hebben gehad, had u uw rijk niet kunnen regeren."

Baron von Rothschild was toen al de rijkste man ter wereld. Hij zou ook een grote genegenheid voor Jenny hebben gekoesterd. Als je de 'fake news' van destijds mag geloven, wordt zelfs aangenomen dat hij de vader van Churchill was.

Dezelfde tongen fluisterden dat hij de vader van Adolf Hitler was. De twee aartsvijanden worden dus halfbroers. In hun politieke opvattingen zijn ze in feite op meerdere manieren vergelijkbaar. Hun sociaal Darwinisme en hun overtuiging dat het recht van de sterkste principieel geldt, onderscheidt hen op geen enkele wijze.

Tower (2.4)

Willem de Veroveraar

Inmiddels waren we langs de rivier tot bij de Tower gekomen. Ook Houston beschouwde dit als een van zijn favoriete plekken in Londen. Vanaf de terrassen had men een prachtig uitzicht, zowel op de vesting met zijn slanke vierhoekige torens, de Tower Bridge en de brede stroom van de Theems. Dit gebouw deed eerst dienst als een museum draagt in zijn stenen duizend jaar van verhalen van zijn bouwer Willem de Veroveraar, die het als vesting en koninklijk paleis gebruikte tot in de middeleeuwen, wanneer het diende als gevangenis.

Hendrik VIII

Hendrik VIII liet zijn tweede vrouw Anna Boleyn daar executeren. Zij is de moeder van Elizabeth de Grote. Vanwege haar distantieerde Hendrik zich van Rome. Dat gebeurde na een lange correspondentie met Luther omdat hij van de paus geen toestemming kreeg voor een echtscheiding van zijn eerste vrouw. Zo stichtte hij de Anglicaanse kerk, waarvan hij zelf de hoogste kerkvorst was, zoals koningin Elizabeth dat vandaag nog steeds is. Nu had hij geen toestemming meer nodig van de paus.

Ook zijn vierde vrouw, Katherine Howard, werd hier geëxecuteerd.

Lady Jane Grey

Bijzonder hartverscheurend is de onthoofding van de jonge koningin van negen dagen, Lady Jane Gray. Haar lot heeft heel Europa geraakt. Zelfs de Duitse schrijver Fontane heeft er een ballade over geschreven en vele dichters hebben haar executie in de Tower poëtisch beschreven. De laatste gevangene in de Tower was Rudolf Hess in 1941.

De 'Yeomen Wardeners' dragen nog steeds elke dag hun strakke zwarte uniform met rood geborduurde randen – net zoals weleer, en niet alleen tijdens festivals. Een uitstekende gin draagt hun populaire naam: 'Beefeater.'

Lamb or mutton

Ook al was het voor ons 'unusual,' toch kozen we deze gin als aperitief. Ik ben de naam van het restaurant vergeten: 'Cutty Sark,' 'Coppa Club' of 'Byward Kitchen.' In ieder geval was de locatie uniek. Het eten was uitstekend en typisch Brits. De Engelse keuken heeft geen goede reputatie, maar lamsvlees kunnen de Engelsen als geen ander bereiden. Onze karbonades met gegrilde kerstomaatjes smaakten voortreffelijk.

Voor Houston was ons etentje ook een gelegenheid om verhalen te vertellen. De geschiedenis van ons volk leeft voort in de taal. Hoewel het Germanen waren, namen de Noormannen – de nieuwe veroveraars van Engeland maar ondanks hun Germaanse wortels een minderheid in Normandië – het Oudfrans dialect dat daar werd gesproken over. De heersende klasse sprak dit Oudfrans nog eeuwenlang, terwijl de dienaren en knechten hun voorouderlijke Angelsaksisch bleven spreken.

Schapen en lammeren werden dus 'sheep' en 'lamb' genoemd als ze in de wei stonden, maar zodra ze als gerecht aan de tafel van de heer werden geserveerd, werden ze 'mutton', afkomstig van het Franse 'mouton', genoemd. De kalveren waren 'veal', maar veranderden aan tafel naar het Franse 'veau', de stieren of ossen werden dan weer genoemd naar het Franse 'boeuf.' De tafel werd een 'table' en het Engelse woord 'dish' verwees nu naar een gerecht.

Richard Leeuwenhart

De grote Engelse nationale held tijdens de kruistochten Richard Coeur de Lion – 'Leeuwenhart' – sprak nog steeds het Oudfranse dialect. Normandië behoorde in die tijd ook tot Engeland, net als Aquitanië. Pas met de opkomst van het nationale bewustzijn verloren de Engelsen deze Franse bezittingen op het continent. Maar daarvoor moest eerst een honderdjarige oorlog worden doorstaan.

De eindfase van deze lange oorlog werd ingeleid door de nationale heilige Jeanne d'Arc, de maagd van Orleans.

"Qu´ Anglais brûlèrent á Rouen"

De Engelsen verbrandden haar in Rouen, dat in die tijd Engels was.

Traditie en geschiedenis, samengesmolten op één plek. Zelfs kinderen kennen in Frankrijk en Engeland hun nationale helden en hun geschiedenis. Ze zijn er ook trots op. In Duitsland leert de schoolgaande jeugd vandaag alleen dat er concentratiekampen waren in Dachau en Auschwitz.

Weerzien na vele jaren (2.5)

Cynthia

Ik keek uit naar de avond. De ontmoetingsplaats was het huis van Houston. De jeugdvrienden uit Nice namen de uitnodiging aan en ik was benieuwd hoe ze er na zoveel jaren uitzagen. Ken ik ze nog en kennen zij mij nog?

Cynthia wandelde als eerste door de deur. Ze zag er mooi uit, zoals altijd. Ze begroette me met een kus op de mond en was dus niet vergeten dat ze van een jonge man ooit een echte man had gemaakt op het strand van Nice.

Daarna volgde haar partner Charles, piekfijn afgeborsteld en een knappe verschijning. Een beetje later dook onze muzikant Douglas op. Hoe zit het met de idealen van onze jeugd om absoluut vrij te zijn, om ongebonden te zijn, om geen verplichtingen te aanvaarden? Toen we allemaal jong waren werkte dat best goed, maar na verloop van tijd werd het gewoon moeilijker.

Een beroep is de ruggengraat van het leven, ook financieel. Wel, normale werktijden en een vast inkomen had geen enkele van mijn vrienden nagestreefd. Maar dat was alleen mogelijk omdat ze stuk voor stuk uit erg rijke families kwamen en van hun erfenis konden leven.

Edward VIII

De moeder van Cynthia werkte aan het koninklijk hof van Edward VIII. Net zoals de 'royals' was ook haar familie erg Duitsgezind, in tegenstelling tot de publieke opinie in Engeland. De hele vriendenkring van deze avond was ook erg Duitsgezind, anders hadden ze me als Duitser nooit in hun intiemste cirkel toegelaten. De gesprekken van die avond gingen ook altijd over de Duits-Engelse relaties.

Cynthia begon te praten. Ze zei dat Edward VIII een uitgesproken aanhanger van Hitler was. Hij bezocht Hitler verschillende keren in Duitsland. De marxistisch-leninistische bewegingen die ook in Engeland de monarchie wilden afschaffen maakten hem ongerust. Hitler was in Duitsland begonnen met een grote schoonmaak en zijn visie voor de toekomst was dat Duitsland orde op het continent moest scheppen. Het bolsjewisme van Stalin moest dus worden uitgerookt en Engeland moest, als groots 'empire', zorgen voor de vrije doorgang op de wereldzeeën.

Alleen het blanke ras kon schoon schip maken in een wereld die op barsten stond door het streven naar onafhankelijkheid van de koloniën. Daarvan was men overtuigd in die tijd.

Nog niet zo lang geleden verscheen een beeldopname waarin Edward VIII zijn kleine, vijf jaar oude nichtje Elisabeth de Hitlergroet aanleert. Op dit moment staat er geen campagne tegen het koningshuis op de persagenda, en werd er ook geen staatszaak van gemaakt.

De opname werd gemaakt door Wallis Simpson. Twee jaar later nam Edward VII een foto van de koninklijke familie. Je ziet dat zelfs de Queen Mum met Elisabeth haar hand voor de Hitlergroet heft. De latere George VI buigt zich naar de kleine Margret.

Maar de weigering van de koning – "Geen oorlog tegen Duitsland zolang ik koning ben," maakte dat de strijdende partijen, met Churchill op kop, een manier zochten om hem af te zetten.

Wallis Simpson

De katalysator voor de 'afzettingsprocedure' of de gedwongen troonsafstand van de koning, was mevrouw Wallis Simpson. Wallis was een Amerikaanse actrice, die na haar eerste scheiding in het huwelijksbootje was gestapt met de steenrijke zakenman Simpson. Ze werd de minnares van Edward VIII. Haar man was het hele jaar door op zakenreis, in alle hoofdsteden van de wereld, waar ook hij er verschillende geliefden op nahield.

Hij was zelfs gevleid over het feit dat de koning van het grootste wereldrijk en de keizer van India zijn vrouw graag mocht. Zij was hem dan weer dankbaar dat hij haar flamboyante levensstijl bleef betalen als echtgenoot. Ze kon niet leven van de kostbare juwelen waarmee de koning haar bekoorde en een scheiding was in haar ogen geen optie. Het huwelijk bood meer zekerheid.

Bovendien miste ze niets. De koning nam haar officieel mee naar festivals en zelfs naar Buckingham Palace.

Queen Mary

Alleen de moeder van de koning, de zeer elegante en traditionele koningin, hechtte veel belang aan het protocol.

Als zij aanwezig was, mocht Wallis Simpson niet verschijnen. Ten eerste was ze niet van adel, ten tweede was ze niet Engels, ze was al eens gescheiden en was op de koop toe nog steeds gehuwd met haar zakenman.

Eduard VIII wist ook dat hij haar niet tot koningin zou kunnen maken, omdat hij als de hoogste kerkleider van de Anglicaanse kerk nooit een gescheiden vrouw aan zijn zijde zou kunnen hebben. En al helemaal niet als de man waarvan ze was gescheiden nog leefde.

Maar Edward VIII hoefde niet eens met haar trouwen. Waarom ook? Ze leefden gelukkig samen. De twee kwamen nooit wat tekort.

De tegenstanders

Een koning hoort te trouwen om een erfgenaam voor de troon te produceren. Dat was onmogelijk met Wallis Simpson. De oorlogspartij wilde zich van de koning ontdoen, want een oorlog tegen Duitsland was voor hem geen optie. De strategen hadden het idee postgevat dat als hij niet vrijwillig afstand wilde nemen van de troon, een perscampagne tegen Wallis Simpson zou worden gestart, die het koningshuis en de gehele monarchie meteen van de kaart zou kunnen vegen.

Edward VIII werd herinnerd aan de rampzalige gebeurtenissen met de Russische tsaar en zijn familie in Sint-Petersburg. Toen de afgezette tsaar zijn Engelse neef had gevraagd om zijn familie en de tsaar zelf in Engeland onder te brengen, werd zelfs de aangereikte belofte door zijn vader, George V, gedwarsboomd. Hij mocht zijn neef en zijn gezin niet opnemen, ook al was hij de tsaar en had Rusland een pakt met Engeland in de strijd tegen de Duitse keizer.

George V werd ook gedwongen om zijn Duits klinkende naam Saksen-Coburg en Gotha in Windsor te veranderen.

Persschandaal

Als voorproefje van wat Edward VIII mocht verwachten aan persschandalen kwamen de kranten op de proppen met een schandaalartikel waarin werd geschreven dat Wallis Simpson naakt danste op de tafels in Buckingham Palace, en dat in volle zalen.

Er werd gemeld dat ze in bordelen in Shanghai werkte en zich verdiepte in exotische seks, wat meteen verklaarde hoe ze de koning om haar vinger had kunnen winden.

Er klopte niets van die verhalen. En hoewel de kranten later moesten toegeven dat alles verzonnen was, bleken de gevolgen enorm. Zo'n koning en een dame van een dergelijk pluimage werden door het Engelse volk niet geaccepteerd als staatshoofden.

Aanslag

"Koningen worden niet vernietigd door beslissingen van rechtbanken, maar door aanslagen." Dit was de mening waarop Churchill zich baseerde toen hij op 16 juli 1936 besloot om koning Edward VIII uit te schakelen. Ondanks de schandaalverhalen, die vooral Churchills vriend Hearst, een

Amerikaanse krantenmagnaat, uit zijn mouw schudde, wilde Edward niets weten van een troonsafstand.

De militaire inlichtingendienst MI5 besloot de 'double-bound' tactiek toe te passen. Dit betekende dat ze een huurmoordenaar, die ze zelf hadden getraind, inzetten en vervolgens het verhaal omdraaiden, zodat het publiek dacht dat hij was gestuurd door de vijand. Dat gebeurde met Jerome Branningham, die men kort voor de moordaanslag bij de Ierse IRA liet infiltreren. De moord mislukte toen de lokale politie, die van niets op de hoogte was, het vege lijf van de koning beschermde. De koning was nu zo sterk onder de indruk dat hij zijn afdanking bevestigde met zijn handtekening.

Afdanking

De koning was machteloos. Hij had geen enkele zin zich tegen de pers of de geheime dienst te verzetten. Hij overhandigde de troon aan zijn broer George VI. Deze moest echter verzekeren dat hij een oorlog tegen Duitsland steunde. Hoewel hij vond dat deze oorlog niet in het belang van Engeland was, waren het de Amerikaanse zakenleiders en de hooggeplaatste bankiers van Wall Street die de Duitse concurrentie wilden elimineren.

Een tweede obstakel waarom hij met tegenzin de koninklijke titel accepteerde, was omdat hij stotterde. Een openbare toespraak houden was voor hem vergelijkbaar met een nachtmerrie. Maar het moest zo zijn.

De Kings Speech

Met de hulp van een taalleraar kon hij met veel moeite en geduld een foutloze toespraak opnemen in de studio. De originele versie van deze historische rede, "The King's Speech," kan nog steeds worden beluisterd op het internet. Er werd zelfs een film over gemaakt. De koninklijke toespraak werd enkele weken vóór het uitbreken van de oorlog opgenomen, zodat deze onmiddellijk na het eerste vuurgevecht in Gdansk kon worden uitgezonden. De abdicatie moest worden ondertekend door alle broers, Edward VIII, de nieuwe koning George VI en de jongste broer, de eerste hertog van Kent. Edward VIII moest met zijn vrouw gedwongen in ballingschap gaan. Alleen voor familieaangelegenheden, zoals de dood van zijn moeder, mocht de nieuwe koning hem toestemming geven om Engelse bodem te betreden.

Leugensprookje

Het leugensprookje van de grote liefde van de eeuw ging de wereld rond: een koning doet afstand van de troon om met zijn geliefde te kunnen trouwen. Deze versie wordt vandaag nog steeds geloofd. De waarheid is dat geen enkele koning, in welk land op aarde dan ook, ooit is moeten aftreden vanwege een minnares en we weten ook in dit geval dat dit niet de echte reden was.

De inconsistenties van de officiële versie werden duidelijker als men Cynthias alternatief overwoog. Omdat we vanuit ons eigen perspectief zelden historische gebeurtenissen ervaren, zijn we afhankelijk van de manier waarop de pers ze ons presenteert. Als in alle kranten hetzelfde verhaal verschijnt omdat ze allemaal tot dezelfde uitgever behoren, slikken we de onmogelijkste verhalen. De pers is in staat tot enorme manipulatie. Even indrukwekkend als de onwaarheden die ze kunnen verkondigen.

Een bijzondere familie (2.6)

De Mitfords

Cynthia had nog een verrassend verhaal te vertellen, over een heel bijzondere familie waarmee ze zelfs verwant was. Het ging om de familie van een Britse edelman, David Freeman-Mitford, de tweede baron van Redesdale. Deze edelman had een afkeer tegenover Britse scholen.

Na de Eerste Wereldoorlog had men in het Verenigd Koninkrijk het begrip school als instrument voor volksdomheid ontdekt. Zo was het in de Verenigde Staten vanaf het begin. Na de Tweede Wereldoorlog streefden ook de Duitsers dit doel na. In de tussentijd kon Duitsland meekomen met de internationale competitie maar ondertussen kan bijna geen enkele student meer lezen of schrijven, om nog maar te zwijgen over hoofdrekenen.

De baron was overtuigd en voedde zijn zoon en zes dochters alleen op met privéleraren in eigen huis. En zo werden al zijn nakomelingen gezegend met een onafhankelijke en individuele persoonlijkheid.

Jessica was opgetogen over het communisme, wat vrij ongewoon was in aristocratische kringen. Ze vocht met de Communistische Internationale in de Spaanse Burgeroorlog tegen Franco.

Diana was gefascineerd door de ideologie van het fascisme en dweepte met Mussolini en Hitler. Ze trouwde zelfs met de Britse fascistische leider Mosley.

Nancy werd een bekende schrijfster.

De jongste, Deborah, stapte maar al te graag in het huwelijksbootje om hertogin van Devonshire te worden.

Thomas bleef ook vrij traditioneel, studeerde in Oxford en werd rechter. Hij huwde nooit.

Pamela gaf de voorkeur aan het saaie leven aan de zijde van een Amerikaanse miljonair, en liet het avontuur voor wat het was. Een foute keuze. Ze liet zich dan ook scheiden van haar Amerikaanse echtgenoot.

En Unity, die waarschijnlijk de grootste verrassing in petto had, werd de Britse geliefde van Hitler.

De Britse geliefde

Unity reisde eind 1934 naar München. Het was niet moeilijk om Hitler te ontmoeten in zijn stamlokaal, de 'Osteria Bavaria.'

Het was, zoals de Fransman zegt, een 'coup de foudre.' Ze was groot als een hedendaags fotomodel. Met haar één meter tachtig was ze toentertijd een indrukwekkende verschijning. Haar blonde haren en blauwe ogen maakten het plaatje helemaal af. Voor Hitler was ze het ideaal van een nobele Germaanse, het prototype van een Arische vrouw.

Haar tweede naam, Valkyrie, die ze later veranderde in het meer Duits klinkende Walküre, was een voorteken voor Adolf Hitler, die zo van Wagner hield.

Toen ze zich dan ook nog liet ontvallen dat haar grootvader, de eerste baron van Redesdale, de geschriften van Houston Stewart Chamberlain vanuit het Duits in het Engels had vertaald, was Hitler helemaal weg van deze schoonheid.

Houston Steward Chamberlain

H.S.C. was den wel een Engelsman, het grootste deel van zijn jeugd bracht hij door in Frankrijk. Hij woonde vele jaren in verschillende Europese landen en vestigde zich uiteindelijk in Duitsland, in Bayreuth, waar hij met de dochter van Richard Wagner, Eva Wagner huwde.

Hij schreef zijn werkstukken in het Duits en aanvaardde zelfs het Duitse staatsburgerschap. De man kende als auteur, onder meer in Engeland, veel succes door de vertaling van Unity's grootvader 'The Foundations of the 19th Century,' waarin hij zijn rassenleer uiteenzet. Dit vormde de basis voor de overtuiging dat een overheersend ras de wereldorde moest overnemen. In de ogen van Hitler was dit het Arische ras en dus de Duitsers.

Churchill was overigens ook volledig overtuigd van deze theorieën, behalve dat hij de Duitsers niet de rol wilde geven van het 'edelste' ras dat de wereldheerschappij moest overnemen.

Jaloezie

Hitler nam Unity Mitford vaak mee naar zijn Berghof in Berchtesgaden. Hij leende haar zijn Mercedes voor de Olympische Spelen in Berlijn. Hij nodigde haar uit naar het 'Wagner Festival' in Bayreuth. Toen Oostenrijk zichzelf met het Duitse rijk verbond, stond ze zelfs naast hem op het Heldenplein in Wenen.

Dat was tegen de zin van Eva Braun. Ze leefde, officieel als medewerkster van Hitlers persoonlijke fotograaf Hoffmann, ook in het Berghof. Hitler wilde niet dat deze relatie bekend raakte.

Ze mocht nooit met hem in het openbaar verschijnen. "Ik ben getrouwd met Duitsland. Mijn volgelingen zouden het me nooit vergeven dat ik er een geliefde op nahield."

En zo bleef het ook. Het Duitse publiek kreeg pas na het einde van de oorlog lucht van de relatie. Het werd ook bekend dat Eva Braun werd gesteriliseerd omdat Hitler het voor onmogelijk achtte dat hij als leider een onwettig kind achter zijn naam had staan.

Castro

Ik dacht aan een parallel. De grote revolutionaire Fidel Castro had een Duitse geliefde, die in Amerika woonde. Het lijkt een echte relatie te zijn geweest, want toen zijn minnares zwanger werd, was de vreugde aan beide kanten groot. Op dat moment ontstonden er echter grote zorgen over het feit dat de medestrijders van de revolutie hun leider ervan zouden verdenken meer bezig te zijn met persoonlijke liefdesaffaires dan met de revolutie zelf. Castro liet het arme meisje ontvoeren en dwong haar tegen haar wil een abortus te laten uitvoeren in een ziekenhuis in Havana.

Bruiloft

Maar met Unity Mitford had Hitler dat probleem niet. Ze stond in het centrum van de vreugde. Ze hield zelfs toespraken over hoe Engeland zou kunnen profiteren indien een man als Hitler Duitsland in de wereld zou laten gelden.

Het huwelijk van haar zus Diana met Mosley vond plaats in de villa van Goebbels in Grunewald, Berlijn. Haar ouders kwamen over uit Engeland en werden door Hitler als officiële regeringsfunctionarissen ontvangen. Dit alles trof Eva Braun zo zwaar dat ze een zelfmoordpoging ondernam.

Tragisch einde

In augustus 1939 vergezeld Unity Hitler op de 'Festspielen' in Bayreuth. Hij vertelde haar toen dat Engeland vastbesloten was de oorlog aan Duitsland te verklaren, en dat hij geen mogelijkheid zag om dit te voorkomen. Hij gaf Unity en haar zus Diana de kans om Duitsland te verlaten.

Diana ging terug, Unity bleef. Ze kon het gewoonweg niet geloven. Ze hield van beide landen. Haar droom: het Duitse leger dat samen met de Engelse vloot de wereld zou regeren.

En nu zouden deze twee, net als in de Eerste Wereldoorlog, elkaar genadeloos gaan verpletteren.

Zelfmoord

Op 1 september 1939 werd het eerste schot afgevuurd in Gdansk. Op 3 september, toen Engeland de oorlog aan de Duitsers verklaarde, schoot Unity zich in de Königinnenstraße in München met een automatisch pistool in het hoofd.

Ze werd zwaargewond naar een hospitaal gebracht. Ze liet een afscheidsbrief achter voor Hitler en legde er het gouden embleem van de partij bij, dat Hitler voor haar persoonlijk had laten graveren met haar naam. Ze kon niet begrijpen dat deze twee volkeren, waarvan ze zoveel hield, in oorlog waren met elkaar.

De brief heeft de verwoestingen van de oorlog niet overleefd. Er was dus geen enkel bewijs, waardoor tegenstanders beweerden dat deze nooit heeft bestaan.

Hitler bezocht Unity in het hospitaal. Ze was verlamd aan één kant en kon niet meer praten. Hij bracht haar het gouden embleem terug. Ze nam het aan, stopte het in haar mond en slikte het door. Hitler zei tegen zijn begeleidende fotograaf Hoffmann: "Ik begin bang te worden."

Grass

Günter Grass dacht waarschijnlijk aan dit tafereel in zijn 'Blechtrommel' toen de kleine Oscar de naald van het partijkenteken opende, waardoor zijn stiefvader stierf toen hij het inslikte.

Gedeeltelijke genezing en vroege dood

Duitse artsen weigerden de kogel in haar hersenen chirurgisch te verwijderen. In geval van falen zou de wereldpers hebben gesproken over opzettelijke moord door Hitler. Dat is de reden waarom ze naar Zwitserland werd overgebracht. Maar zelfs daar durfden de artsen de riskante ingreep niet aan. Alle kosten werden door Hitler gedragen.

Toen haar toestand enigszins was gestabiliseerd, waagden haar ouders het erop en brachten haar naar Engeland. Maar zelfs in Engeland weigerden de artsen een operatie; het was te riskant.

Inch Kenneth

Ze leefde nu met haar moeder op een afgelegen Schots Hebriden-eiland dat toebehoorde aan haar vader. Unity was herstellend en kon zelfs weer autorijden. Het was een hersenvliesontsteking, veroorzaakt door de kogel, die leidde tot haar dood. Ze was slechts 33 jaar oud.

Diana Mitford

Ze keerde terug naar Engeland, waar ze naar verluidt heftige verwijten maakte aan haar oom, Winston Churchill.

Clementine Hozier, de vrouw van Churchill, was een tante van de dochters van Mitford. De beroemde grootvader die de geschriften van H.S.C. vertaalde had een liefdesrelatie met de mooie Lady Blanche, wier echtgenoot aantoonbaar niet in staat was om voor nageslacht te zorgen. Clementine was zijn dochter. En zo werd het ook door de families gezien.

"Wat wil je bereiken? Waarom wilde je kost wat kost deze oorlog?"

"Als hij niet was gekomen, zou je snel beseffen waarom deze nodig is."

"Ja, dan zou er een autosnelweg en een spoorlijn worden aangelegd door de Poolse Corridor van Frankfurt aan de Oder naar Koningsberg, en de Polen zouden jaar na jaar aanzienlijke sommen transitkosten incasseren, zonder een vinger uit te steken en zonder enige onkosten. De Polen wilden akkoord gaan, en toen heb je ze met onzinnige beloften naar een afwijzing geduwd. Ze zouden heel Silezië en Oost-Pruisen ontvangen, en dan nog eens Brandenburg en Berlijn. En wat hebben ze nu? Een verwoest Warschau."

"Klopt, maar dat zou slechts de eerste stap zijn geweest naar de wereldheerschappij van Hitler."

"Maar wat je nu in gang hebt gezet is het einde van het Britse rijk. Als onze troepen vechten in deze oorlog kunnen we onze kolonies niet langer in de hand houden en zullen ze gaan vechten voor onafhankelijkheid."

"Wat een domme wijvenpraat. Ik laat je gewoon arresteren met je grote mond." En zo gebeurde het. Diana werd naar een interneringscentrum gestuurd.

Mosley

Hij is overigens de broer van de beroemde autocoureur en keerde eveneens terug naar Engeland om de augiasstal op te ruimen. Zijn fascistische partij had geen kans in Engeland. Hij gaf zijn eigen nederlaag toe: "Als je onder de mesthoop ligt, kan je hem onmogelijk zelf opruimen."

Trump

In 2017 wilde een opvallende buitenstaander het "moeras in Washington droogleggen." Het lijkt erop dat hij nu zelf vastzit.

Hij werd gekozen omdat van hem werd geloofd dat hij een aankomende oorlog met Rusland zou kunnen voorkomen. Maar nu mag hij niet eens alleen met Poetin spreken. Als kan worden bewezen dat Trump of een van zijn werknemers al eerder contact zocht met Poetin, kan er zelfs een procedure worden gestart op zijn ambtstermijn vroegtijdig te beëindigen.

Juridische procedures zijn hopeloos complex. Misschien gebruikt de CIA wel een sneller middel om hem te elimineren.

Voorbereidingen op de oorlog (2.7)

Gandhi's brief

Het volgende verhaal kwam van Charles. Vrienden van Gandhi, die zijn verlangen naar vrede koesterden, spoorden hem aan om een dreigende wereldoorlog tegen te gaan. Hij schreef toen daadwerkelijk een brief aan Hitler, die begon als volgt:

Lieve vriend,

Ik weet dat u niet het monster bent, zoals uw vijanden dat over u verspreiden, maar u bent wel de enige persoon die deze oorlog kan voorkomen. Overweegt u eens wat ik heb bereikt door geweldloos verzet. Geef Roosevelt en Churchill geen kans om een grote oorlog te beginnen.

Het gaat hier niet om de letterlijke versie van de brief, enkel over de inhoudelijke kracht. Hij bereikte Hitler trouwens nooit, want hij werd onderschept. Engeland was tenslotte nog steeds een koloniale macht in India.

Gandhi heeft met succes geweigerd om Indische soldaten naar de oorlog te sturen. In de Eerste Wereldoorlog waren het er wel miljoenen geweest. Maar of er al dan niet een verkeersverbinding van Frankfurt aan de Oder en Königsberg kan komen, "onze burgers hoeven daarvoor hun leven niet te riskeren."

De brief zou Hitlers beslissingen waarschijnlijk nooit hebben veranderd omdat hij wist dat Roosevelt vanaf 1932 doelgericht naar deze oorlog toe had gewerkt. De uitbarsting zou onder alle omstandigheden en onder gelijk welk voorwendsel moeten plaatsvinden.

De tweede brief van Gandhi

Twee formuleringen in Gandhi's brief schoten de Britten in het verkeerde keelgat. De aanhef "Lieve vriend" en "Ik weet dat u niet het monster bent, zoals uw vijanden dat over u verspreiden." Hij moest een tweede brief aan Hitler schrijven, en nog vóór Kerstmis, waarin hij deze woorden zou relativeren. Maar er staan ook zinnen in deze brief die onmogelijk door Gandhi zelf zijn geschreven. Het zijn duidelijk vervalsingen. De tweede brief werd waarschijnlijk afgeleverd en kan nog steeds volledig worden nagelezen op het internet.

Halfnaakte fakir

Het oordeel van Churchill over Gandhi was niet voor interpretatie vatbaar. Hij vond het schandalig dat deze 'halfnaakte fakir' het lef had om zelfs met een Engelse gouverneur te durven spreken. Volgens Churchill hadden ze Gandhi gewoon moeten laten sterven tijdens zijn hongerstakingen.

Minderwaardig ras

In deze beoordeling is hij het trouwens eens met Hitler. Deze had Engeland meerdere malen aangeboden om met een krijgsmacht de Indische opstandelingen, Gandhi en 200 van zijn meest invloedrijke strijders te elimineren. India moest als een kolonie van de Engelsen worden bewaard omdat de

Indiërs zelf als minderwaardig ras niet in aanmerking kwamen voor een staatsheerschappij.

Indo-Germanen

Het is eigenlijk ongelooflijk omdat Hitler had moeten weten dat de grote krijgers met lichte huid, die vanuit het noorden naar het subcontinent migreerden 'Ariërs' waren en de korte oerbewoners met donkere huid domineerden. Dit wordt gedocumenteerd in het woord Indo-Germanen. Duitse wetenschappers waren pioniers in het verkennen van de relaties tussen Indo-Europese talen. De beste kenners van het Sanskriet waren Duitse professoren. De literatuur van de Veda's en de Upanishads werd beschouwd als een meesterwerk van de oude Indiase hoge cultuur en werd ontdekt in Duitse universiteiten. Zelfs het hakenkruis is afkomstig uit deze cultuur en wordt in het Sanskriet "swastika" genoemd. Het symboliseert het zonnewiel en was een geluksteken van de toen immigrerende Ariërs.

Subhash Chandra Bose

Zo wilde Hitler ook niet horen van een mogelijke samenwerking met Bose. Deze man, grotendeels onbekend in Europa, is een van de grote charismatische figuren van de Indiase bevrijdingsstrijd. Zijn monument bevindt zich vandaag in Amritsar. Dankzij het internet kan iedereen zich hierover informeren. Hij geloofde niet dat Gandhi's geweldloosheid zou leiden tot de onafhankelijkheid van India. Bose vreesde zelfs dat de Indiërs alleen niet in staat zouden zijn om deze onafhankelijkheid te bereiken. Buitenlandse machten zouden de Indiërs hierbij beslist moeten steunen. Hij rekende op Duitsland en Japan. Maar bij Hitler ving hij bot. Een oorlog is echter onvoorspelbaar en zo kwam het later in 1942 toch tot een ontmoeting tussen Bose, von Ribbentrop en Hitler.

Vrijwilligers

Gandhi had geweigerd om Indiërs in de militaire dienstplicht te dwingen vanwege geschillen over een aantal vierkante kilometer land in de Poolse corridor. Maar het kwam intussen ook tot vrijwillige aanmeldingen, met name van miljoenen Sikhs, die bereid waren om te vechten in Afrika, Azië en Europa voor de Britten. Dit fenomeen valt moeilijk uit te leggen. Waren het economische redenen of dreigende armoede? Tegenwoordig vechten zo'n 100.000 Afrikanen voor de Jihad, waarschijnlijk alleen om te leven van de beloning die ze daarvoor ontvangen. Of is de krijgerskaste van de Sikhs simpelweg gericht op gevechten? 3,5 miljoen mensen hebben het leven gelaten in de strijd tijdens de Tweede Wereldoorlog. India's heeft een enorm aantal soldaten verloren in de Tweede Wereldoorlog, na Rusland, Duitsland, Japan en Polen het hoogste aantal.

Indisch Legioen

Veel Sikhs werden gevangengenomen door Duitsers en Japanners. Uit deze gevangenen haalde Bose nu vrijwilligers die tegen Engeland zouden gaan vechten. Ze moesten trouw zweren aan Hitler en aan hem. Het 'Indische Legioen' was geboren. Aan het front mochten ze hun tulband dragen in plaats van de stalen helm. Deze tulband behoort tot hun religie als hindoes. Niet te verwarren met het hoofddeksel van moslims.

Vrouw en dochter

Bose was het lang niet met Hitler eens over alle zaken. Hij was strikt tegen zijn rassenwetten, die bijvoorbeeld een huwelijk van een Duitse burger niet alleen met een burger van Joodse afkomst, maar ook met iemand van Indische afkomst verboden. Hijzelf had een Oostenrijkse vrouw. Zijn enige dochter Anita, geboren in 1938, woont nog altijd in Augsburg. Ze is een zeer gerespecteerd emeritus professor met drie kinderen. Bose leeft dus voort in drie kleinkinderen in Duitsland. Bose kwam zelf om het leven bij een vliegtuigcrash op 18 augustus 1945 in Taiwan, waar hij hielp de oppositie tegen de Amerikanen te coördineren.

Bloedgroep

De verhalen van Charles waren helemaal nieuw voor mij. Ik moest plots denken aan een naast familielid van me, dokter Schell. Hij was in die tijd student geneeskunde en schreef zijn doctoraat over bloedgroepen. Een vergelijking van de procentuele verdeling van bloedgroepen tussen Sikhs en Duitsers zou een mogelijke indicatie van een oorspronkelijke relatie aantonen. Ik weet niet tot welk resultaat hij kwam en of zijn werk verdere gevolgen had, maar ik herinner me dat hij de samenwerking met de Sikhs als erg vriendelijk en coöperatief beschouwde.

Bewapeningstransport

Uit de ervaring van de Eerste Wereldoorlog leerden de Amerikanen dat het moeilijk was om wapens via de Atlantische Oceaan naar Engeland te vervoeren vanwege de onderzeeërs. De Duitse U-boten hadden zo'n 3500 schepen laten zinken. Daarom werden er in 1932 al vrachtwagens, munitie, tanks, geweren en kanonnen naar Engeland verscheept, zodat bij het begin van de oorlog alles al netjes op zijn plaats stond. Omdat de gekozen regeringsvertegenwoordigers in de Senaat en het Congres hierover niets mochten weten, mocht dit niet officieel worden aangekondigd. De opdracht werd toevertrouwd aan een buitenlander, de Griekse Onassis, omdat zijn vracht niet werd gecontroleerd.

Onassis

Roosevelt en Churchill kenden hem al heel lang omdat ze dezelfde vrijmetselaarsloge bezochten. Omdat hij door zijn Griekse nationaliteit geen belasting hoefde te betalen, was het een gunstige deal voor de Amerikanen. Churchill had de belastingvrijstelling voor de rijken in de Eerste Wereldoorlog geïntroduceerd, als deze de Duitsgezinde en in Duitsland geboren koning van Griekenland dwongen om te emigreren.

Onassis had met honderd eigen schepen een behoorlijke capaciteit. Een paar jaar voor het uitbreken van de oorlog leek het volgens Roosevelt echter niet voldoende. Hij stuurde zijn eigen commandanten en generaals als het ware met vakantie, want over hun activiteiten werd een logboek bewaard, en van deze militaire transporten mocht bij het publiek en zelfs in de regering nog niets geweten zijn. De activiteiten van Onassis als privéburger en buitenlander waren voor het publiek minder interessant. Zo kon hij zonder registrering artillerie vervoeren naar de Verenigde Staten met Amerikaanse oorlogsschepen.

Die zaak zat niet helemaal goed, maar dat kwam pas na het einde van de oorlog uit. Daarom werd Onassis – de USA is uiteindelijk toch een rechtsstaat – veroordeeld tot een boete van 7 miljoen dollar. Niet omdat deze transporten illegaal waren, maar omdat er een paragraaf voorhanden was waarin stond dat Amerikaanse krijgsvloten alleen mochten worden gevaren door Amerikaanse burgers, en Onassis was een Griek.

Roosevelt, die alles had geïnitieerd, leefde op het moment van dit vonnis niet meer. Maar als president had hij sowieso niet vervolgd kunnen worden.

Het jacht Christina

Een zakenman als Onassis maakte natuurlijk al te graag gebruik van lucratieve deals. Een keer per jaar nodigde hij het hele Amerikaanse politieke establishment uit op zijn luxejacht 'Christina', het meest luxueuze schip van haar tijd.

Hij doopte haar met de naam van zijn dochter. Churchill was de eregast en hij was er, zelfs op veel latere leeftijd, altijd als de kippen bij om deze uitnodiging aan te nemen. Zelfs toen hij al in een rolstoel zat en zijn lievelingsdochter Sarah hem moest begeleiden, was hij niet weg te slaan.

De Kennedy-clan was ook elk jaar van de partij. Onassis ontmoette Jacqueline, met wie hij later trouwde, terwijl ze vol enthousiasme samen met haar man John F. Kennedy luisterde naar de operadiva Maria Callas, die toen nog steeds met Onassis was getrouwd en haar opera-aria's exclusief aan deze prominente kring presenteerde.

Voor Churchill waren deze uitverkorenen, mensen zoals hij, de door Nietzsche beschreven 'Übermenschen'. "De mens is een ondergang en de mens is een overgang," staat er in de 'Antichrist'. En deze elite had het stadium van de supermens, bevrijd van christelijke moraliteit, nu bereikt.

Haaks daartegenover stond het overgrote deel burgers aan wie Churchill ook toebehoorde. Het gewone volk, zijn eigen volk, wiens sterven voor niets meetelde.

Bijdehand

Bij het idee van Churchill in een rolstoel herinnerde Charles zich een kleine anekdote. Tot op hoge leeftijd liet hij zich in zijn rolstoel in het parlement rijden. Een paar jonge parlementsleden die geen respect meer hadden voor een superheld in deze toestand, lasterden: "Wat doet deze oude, kwijlende opa hier nog steeds, er komt geen zinnig woord meer uit. Ze zeggen dat hij zo dement is dat hij niet eens meer weet waar hij is." Waarop de bijna 90-jarige zich draaide met de woorden: "Er wordt ook gezegd dat hij doofstom is."

De verklaring van Churchill waarom hij nog steeds naar het parlement wilde worden gebracht – ook al wilde hij niet meer deelnemen aan debatten – was dat als de kamerleden hem daar gewoon zouden zien, er gegarandeerd niets zou worden besloten wat ook maar van enig nut voor Duitsland zou kunnen zijn.

Duitse realiteit (2.8)

Voor of tegen

Onze vijfspan had al een beetje dieper in het glas gekeken en hoewel onze 'stories' niet altijd grappig waren, werd er toch wat afgelachen. Mij werd gevraagd om vanuit mijn oogpunt te vertellen hoe Hitler door de Duitse kant werd waargenomen.

Aan het begin van de oorlog was ik maar drieënhalf jaar oud, maar er staan vele zaken in mijn kindergeheugen gegrift.

Mijn familie was vanaf het begin tegen Hitler en we ondervonden daardoor veel nadelen. Natuurlijk deelde ik de mening van mijn ouders en als kind kon ik helemaal niet begrijpen dat goede vrienden van ons in de ban raakten van alles wat met Hitler te maken had.

Zelfs een oom van me vond Hitler geen al te slechte kerel, waardoor het elke keer ruzie was toen hij bij ons met vakantie kwam.

Mijn familie zou je volledig apolitiek kunnen noemen vanuit een hedendaags perspectief. Niemand heeft ooit 'Mein Kampf' doorgebladerd. Politieke argumenten speelden bij 'voor of tegen' geen rol. Het was een instinctieve beslissing, een gemoedstoestand, vandaag zou je het 'buikgevoel' kunnen noemen.

De meesten onder de partijleden waren het volgens mij niet eens met het programma van Hitler, maar ze hoopten dat ze er voordeel uit konden halen. Het zijn de typische meelopers, die onder de mantel van een succesvolle partij niet verder hoefden na te denken over hun frustraties.

Joden niet gewenst

De 'Gauleiter' woonde precies tegenover ons. Hij klaagde erover dat er aan onze winkeldeur geen plaat met 'Joden ongewenst' hing. "Er zijn geen joden in ons district, die kosten kan ik me sparen," zei mijn vader. En dat was waar.

Ik ontmoette pas joden na de oorlog, toen ik ongeveer 20 was.

"Daar gaat het helemaal niet over, je moet laten zien waarvoor je staat," meende 'Herr Gauleiter.'

Hij slaagde er niet in. Zelfs niet bij mijn grootvader met zijn winkel in het centrum, waar ook een joodse klant kwam. "Hij komt al meer dan 10 jaar bij me over de vloer, en zolang hij betaalt, 'kriagt der sei Sach' (krijgt hij wat hij wil kopen)". Dat was eigenlijk best moedig en niet elke ondernemer zou dit antwoord in overweging durven nemen.

Geintjes

In onze winkel kwam regelmatig een zekere mevrouw Grimme, een typisch proletarische vrouw met acteertalent. Met luide stem zwaaide ze de deur van de winkel open, waar verschillende klanten wachtten om te worden bediend, en schreeuwde ze op dramatische toon: "Hitler heeft zijn gommetje verloren!" "Nonsens!" "Nee hoor, helemaal niet, want Churchill heeft het gevonden en nu is hij onze steden ermee aan het uitgommen." Vandaag lijkt men vergeten wat Hitler zei na de eerste bomaanslag op de Duitse burgerbevolking door Churchill: "Als hij Duitse steden bombardeert die geen militaire doelen zijn, dan veeg ik in ruil daarvoor de Engelse steden helemaal uit."

Een andere keer stoof ze binnen en proestte: "Stel je voor dat Goebbels in het ziekenhuis ligt."

"Wat is er mis met hem?"

"Hij moest een operatie ondergaan."

"Wat voor operatie dan?"

"Ze moesten zijn oren verplaatsen."

"Bestaat toch helemaal niet, zoiets."

"Jawel, ze hebben ze gewoon verder naar achteren gezet, zodat hij z'n bek verder kan opentrekken."

De goede mevrouw Grimme riskeerde best veel. Als melding van haar zou zijn gemaakt, zou ze zijn gearresteerd. Geintjes over Hitler waren niet toegestaan, zelfs niet over zijn ministers, en dus ook niet over zijn minister van propaganda Goebbels.

Weiß – Ferdl

De populaire komiek uit München, Weiß-Ferdl, is bekend omdat hij in zijn cabaretprogramma als visboer op de markt de kwaliteit van zijn visjes aan de man probeert de brengen met de woorden:

Haring, haring,
zo vet als Goehring.

Hermann Goehring was de tweede man na Hitler, nadat Hess gevangengenomen werd in Engeland. Vanwege zijn populariteit werd Weiß na drie dagen vrijgelaten uit de gevangenis. Hij hield dit cabaretnummer als vishandelaar in zijn programma en iedereen was nieuwsgierig hoe hij zijn vis nu zou promoten. En jawel, hij schreeuwde opnieuw:

Haring, haring
zo vet .... als vorige keer

Communistische ondergrondse

In het geheim waren er nog steeds 'roden,' die sympathiseerden met Stalin na de aanval op Rusland. Dit werd keer op keer duidelijk in gesprekken. Zelfs als kind hoorde ik veel zaken waarover de volwassenen spraken zonder zich te realiseren dat ik meeluisterde. Zo hoorde ik hoe een klant, mevrouw Fritz, na de catastrofe van Stalingrad vrolijk aan mijn moeder vertelde: "Als Stalin wint, dan neem ik jouw mooie huis en jij verhuist gewoon naar een huurappartement."

Dat mevrouw Fritz graag in ons huis zou willen wonen, kon ik nog begrijpen, maar wat Stalin daarmee precies te maken had, begreep ik toen helemaal niet. Natuurlijk zou ze gelijk hebben gekregen als we een bezette Sovjet-zone zouden zijn geworden, zoals de latere DDR.

Kinderliedjes

Haar dochtertje Rita zat bij mij op de kleuterschool en die zong altijd een grappig liedje voor. Wij zongen lustig mee, zonder het echt te begrijpen.

Aan alles komt een einde,
alles gaat voorbij,
zelfs die Hitler met zijn hele partij.

Ik weet niet wie dit mooie volksliedje heeft herschreven. In zijn oorspronkelijke vorm gaat het zo:

> Aan alles komt een einde, alles gaat voorbij,
> na elke december,
> komt toch weer een mei.

Zuster Selma

Ook in de kleuterschool ging alles voorbij en braken er nieuwe tijden aan. De kinderen moesten worden opgevoed in de geest van het nationaalsocialisme en onze mollige zuster Selma met haar witte kap en blauw-met-wit gestreepte schort, moest wijken voor een vrouwelijk partijlid, die strikt de touwtjes in handen hield.

Zuster Selma had 60 meisjes en jongens van 4 tot 6 jaar onder haar hoede, zonder enige hulp. We leerden zingen, knutselen, haken en de jongens leerden zelfs breien. Ik was altijd mijn steek kwijt.

De ene grote kamer was voor iedereen, maar we verbleven meestal in de tuin, een groot grasveld met een paar bomen erin en een turntoestelletje. Het was verboden om in de bomen te klimmen. Als zuster Selma niet keek, deden we het natuurlijk wel. Ik herinner me nog de commotie toen een meisje dat omhoog was geklommen uit de boom viel en haar arm brak.

Kerstmis

Als hoogtepunt van het jaar was er met Kerstmis een kersttoneel gepland. Alle ouders waren ook uitgenodigd. De groten mochten Maria en Jozef spelen, of een zingende engel met "hoog uit de hemel daal ik neer," waarbij ze vaak ingewikkelde zinnen uit het hoofd moesten leren, terwijl de jongere kinderen tevreden waren met de os en de ezel, waarvoor ze slechts een masker hoefden op te zetten. De schapen van de herders op het veld kamen er nog makkelijker vanaf door af en toe "meh meh" te moeten blaten.

De nieuwe juf

Aan deze Christelijke Kerstmis was nu een einde gekomen. De kinderen moesten voortaan worden opgevoed in de geest van het nationaalsocialisme. Bij de nieuwe juf die moesten we nu:

Handjes vouwen, hoofdjes omlaag,
we denken aan Adolf Hitler vandaag,
hij geeft ons ons dagelijks brood,
en beschermt ons tegen alle nood.

En zo begon de eerste dag van de nieuwe kleuterleidster. Het was mijn laatste. Toen ik het thuis vertelde, liet mijn moeder me niet meer naar de kleuterschool gaan.

Rijksdagbrand

Mijn ouders hadden de bovenverdieping van ons huis verhuurd aan een leraar en zijn vrouw. Ze leed zwaar onder het feit dat ze geen kinderen kon krijgen en ook hij was gek op kinderen. Ik was dus vaak bij hen. Hij nam de eerste foto's van mij. Een camera bezitten was toen een zeldzaamheid.

Hij vertelde me ook veel, bijvoorbeeld over de Rijksdagbrand, die vóór mijn geboorte gebeurde. Wat ik me echter herinner was zijn afschuw toen hij me vertelde dat de nazi's zelf de Rijksdag in brand zouden hebben gestoken.

Ik zie het vandaag zo: van der Lubbe was de huurmoordenaar, maar de nazi's ontdekten zijn plan al vroeg. Omdat hij hen perfect geschikt leek als voorwendsel voor de communistische vervolging, hebben ze er alles aan gedaan om van der Lubbe ongestoord zijn plan te laten uitvoeren. Door deze spectaculaire gebeurtenis was Hitler in staat om de machtigingswet af te dwingen en dictator voor het leven te worden.

11.09. World Trade Tower

Sommigen zien een parallel met 9/11 en de aanval op de World Trade Towers, waarbij de moordenaars en hun bedoelingen al vroeg bekend waren bij de Amerikaanse geheime dienst. Er zou namelijk een excuus moeten worden gegeven om Irak en Afghanistan binnen te vallen.

Realiteit en propaganda

Mijn verhalen kregen meer respons dan ik had verwacht en zorgden vaak voor plezier bij mijn Engelse vrienden, die de werkelijkheid van het Grotere Duitse Rijk alleen kenden uit de films van Leni Riefenstahl. Haar grootste films: 'Triumph des Willens,' 'Reichsparteitag in Nürnberg' en 'Olympiade in Berlin.'

Politiek van de Secret Intelligence Service (2.9)

Bürgerbräukeller

Je laatste verhaal over de Rijksdagbrand vormt een goed bruggetje naar mijn twee verhalen over de 'Bürgerbräukeller' en het incident in Venlo, had Charles gezegd.

In de 'Bürgerbräukeller' in München moest Hitler worden opgeblazen. Hij hield daar regelmatig een toespraak voor zijn trouwste volgelingen. Zo'n bijeenkomst duurde meestal 2 uur, van acht tot tien uur 's avonds. Die avond moest Hitler echter vroeger terugvliegen naar Berlijn en verliet hij zijn spreekgestoelte om 21.00 uur. In de pilaar erachter iemand een holte had gemaakt en een bom verborgen.

Deze bom ontplofte op 8 november 1939 om 21.10 uur en doodde zes mensen. Vijftig mensen raakten gewond. Als Hitler tien minuten langer zou zijn gebleven, zou hij het dichtst bij de explosie zijn geweest.

Zo'n spectaculaire ontsnapping was een enorm succes voor de propagandamachine, omdat nu werd geloofd dat de Voorzienigheid zijn hand boven het hoofd van Hitler had gehouden.

Voorzienigheid of berekening?

In werkelijkheid had de Engelse geheime dienst de Duitse geheime politie laten weten dat Elser in Zürich 4000 mark had ontvangen ter voorbereiding op een moordaanslag op Hitler.

Hij behoorde tot een communistische verzetsgroep, Agitprop, maar werkte na het verbod van de Communistische Partij als 'eenzame wolf.' Hij werd echter nauwlettend in de gaten gehouden en het viel op dat hij zich nacht na nacht in de 'Bürgerbräukeller' liet insluiten. Op die manier werd precies gedocumenteerd hoe ver hij gekomen was met het uithollen van de pilaar. In de ochtend maakte hij de holte opnieuw grondig dicht. Op de avond dat Hitler zijn toespraak hield, wist de Gestapo dat het ontstekingsmechanisme was afgesteld op 21.10 uur.

Vlucht

Het lag voor de hand dat hij zich in veiligheid zou brengen in het buitenland. Daarom kon zijn achtervolging onopvallend worden ingezet en werden aan alle grensstations speciale posten opgetrokken. Elser werd uiteindelijk gevat aan de Zwitserse grens, nog voordat de bom had kunnen ontploffen. Het gips en de mortelsporen, die onvermijdelijk op zijn kleding waren terecht gekomen, vormden het bewijsmateriaal.

Vraag

Waarom had Hitler deze aanslag niet voorkomen en op zijn minst de dood van zes van zijn volgelingen en vijftig gewonden vermeden?

Als hij deze moord voor het gerecht kon brengen in de context van een groter complot met een groot aantal van zijn generaals, was de impact veel groter dan het verhaal van de eenzame strijder, die was betrapt nog voordat hij zijn moord had kunnen plegen.

Churchill wilde Hitler kost wat kost in leven houden. "Hij is onze beste bondgenoot, zonder hem zouden we geen excuus hebben in de ogen van het wereldpubliek om Duitsland te vernietigen. We vechten niet tegen de nazi's, we vechten tegen het Duitse volk. Het bedreigt onze suprematie."

Samenzwering

Hitler had een paar dagen na het offensief in Polen een vredesakkoord met Engeland voorgesteld. Dit aanbod werd afgewezen op grond van het feit dat niemand onderhandelde met Hitler. De Duitse generaals wisten echter dat een oorlog met Groot-Brittannië zou leiden tot een nieuwe wereldoorlog, en probeerden nu met alle middelen de vrede te herstellen, wat voor Engeland kennelijk niet mogelijk was met Hitler. De mannen besloten nu om Hitler gevangen te nemen en af te zetten. Ze wilden echter zeker weten dat Engeland dan ook echt bereid zou zijn om vrede te sluiten. Canaris stond erop dat Hitler niet zou worden gedood, in tegenstelling tot Bonhoeffer in 1944.

Ze stuurden onderhandelaars naar Chamberlain, die een oorlog zoals de meeste kabinetsleden absurd vond, omdat ze allemaal goed wisten dat het Britse rijk nooit ongedeerd uit de strijd zou komen.

Onder de voorwaarde dat Hitler zou worden afgezet, zou het tot een goed akkoord komen.

Alleen Churchill was tegen. Hij werd weggestemd.

De list van Churchill

Opdat Churchill zijn wil toch kon afdwingen, smeedde hij een plan. Als hoofd van het SIS nam hij contact op met de Duitse Gestapo. Ze onthulden de plannen van de generaals met een volledige namenlijst. De naam Elser stond op diezelfde lijst.

Geen idee

Chamberlain en zijn kabinetsleden wisten van niets. Ze hadden nooit gedacht dat een schande van dit formaat mogelijk was geweest. Daarom stemden ze na de aanslag in de 'Bürgerbräukeller' in met het plan om Hitler definitief te elimineren. Chamberlain stuurde nog dezelfde dag twee van zijn onderhandelaars over de Nederlandse grens bij Venlo om contact op te nemen met de samenzweerders.

Incident van Venlo

Net over de grens werden ze al opgewacht en hartelijk begroet: "We hebben op jullie gewacht." "Jullie zitten hier precies goed." "Jullie willen dus de Führer afzetten met de hulp van de Duitse generaals?" "Mag ik mezelf voorstellen, Schellenberg, hoofd van de Duitse Gestapo." De Britse onderhandelaars waren dus rechtstreeks in de armen van de Duitse geheime dienst gelopen. Ze werden verhoord en onmiddellijk gearresteerd. Pas na de oorlog, in mei 1945, werden ze weer vrijgelaten.

Unconditional surrender

De Britse inlichtingendienst was op het vasteland nu volledig ontmaskerd. Dat was helemaal in de kaart van Churchill. Hij wilde geen onderhandeling, maar drong aan op onvoorwaardelijke overgave, wat zoveel betekende dat geen enkel recht zou standhouden na de nederlaag. Duitsland moest een complete ondergang ondergaan, zoals Carthago na de derde Punische oorlog. Op dit historische voorbeeld baseerde Churchill zich.

Duitse generaals

De wijdverspreide mening vandaag is dat de Duitse generaals blind, onderdrukt en bang als muizen gehoorzaamden. De gebeurtenissen rondom Venlo laten zien dat dit niet waar is. Bij de samenzwering tegen Hitler waren zoveel generaals betrokken dat Hitler zelfs niet aan een bestraffing kon denken. Zijn leger in Polen zou daardoor bijna zonder generaals zijn gevallen. Pas bij de aanslag op Staufenberg in 1944 werden ze berecht en terechtgesteld.

Maar men moet ook denken aan generaal Paulus, die tegen het bevel van Hitler tijdens de hopeloze strijd in Stalingrad met 100.000 mannen in gevangenschap ging – slechts 10.000 soldaten zouden dit overleven. Of aan Choltitz, die Parijs zonder slag of stoot overleverde, ook al had Hitler de stad tot vesting uitgeroepen, wat zou hebben geleid tot de complete verwoesting van de stad.

Eerste militaire acties (2.10)

In en rond Danzig

Nu kwam Houston boven water. Hij had al verschillende details verzameld in zijn zoektocht naar informatie over de eerste militaire acties. Het was geenszins het geval dat de Duitse stoomwals de verraste Polen gewoon met de grond gelijk had gemaakt, zoals het officiële verhaal gaat. De Polen hadden namelijk een goed voorbereid en optimaal uitgerust leger van een miljoen soldaten die klaar stonden om te vechten. Hitler zelf bevestigde de grote heldhaftigheid van Polen, waardoor de gangbare versie van de wereldpers, die beweert dat hij het Poolse verzet met gemak wegveegde, expliciet wordt tegengesproken.

Voorspellingen

Dat Polen zich na een paar dagen al moesten terugtrekken uit Gdansk en na veertien dagen hun nederlaag moesten toegeven, had niemand verwacht. Ook Churchill niet, toen hij zijn eventuele bijstand beloofde. Hij ging uit van een snelle overwinning voor de Polen en was er zeker van was dat er geen militaire steun nodig zou zijn. De eerste rapporten van de grote dagbladen, zoals 'The Times' in Londen en 'Le Monde' in Parijs, berichtten over de heldhaftige overwinningen van de Poolse manschappen over de Duitse indringers. Deze artikelen werden al weken voor het uitbreken van de oorlog geschreven en te haastig afgedrukt, zoals bleek op de eerste dag van het gevecht. Ze kunnen vandaag nog steeds worden gelezen in de archieven van uitgeverijen.

Foute inschatting

Die foute inschatting was niet verrassend, gezien het feit dat Duitsland onder de Vrede van Versailles slechts 100.000 soldaten mocht hebben. Een legertje dat kleiner was dan dat van de Tsjechische Republiek of Nederland. En Hitler had maar een paar jaar tijd voor een uitbreiding. Polen had deze militaire zwakte al verschillende keren uitgebuit. In augustus 1919 en augustus 1920 begonnen ze aan een reeks invallen op het Rijksgebied. Plannen uit 1930 en 1931 voor een mars over Berlijn en de verovering van Silezië, werden niet uitgevoerd omdat de Franse regering na lange onderhandelingen niet wilde deelnemen.

Stalin en zijn twijfels

Stalin was ook niet zeker of de Duitsers de miljoen Polen de baas zouden kunnen. Daarom wachtte hij af om uiteindelijk op 17 september, zestien dagen na het begin van de oorlog, naar de demarcatielijn van het Hitler-Stalin pact te marcheren. Pas op 18 september kwamen de groepen bij elkaar in Brest-Litovsk, dat op de demarcatielijn lag, en de invloedssfeer van de twee grootmachten moest scheiden.

Capitulatie in Warschau

Na tien dagen moest de hoofdstad Warschau capituleren. De Poolse regering vluchtte met haar 100.000 Poolse strijders naar het buitenland, om van daaruit de strijd verder te zetten. De Polen voelden zich echter in de steek gelaten door Engeland, omdat Churchill geen vinger had uitgestoken na zijn beloofde bijstand in het geval van een gevecht. Bij de aanval van de Russen zei hij koudweg: "Mijn bijstand heb ik alleen beloofd in het geval van een Duits offensief."

Hij wilde het niet verknoeien met Stalin.

Alternatieve feiten

Desondanks was Churchill de Polen een verklaring schuldig omdat hij hen zowel bij een aanval van de Russen als van de Duitsers had laten zitten. Hij noemde het een groot succes dat Stalin nu Estland en Letland had bezet, en ook de oostelijke Poolse gebieden tot aan de demarcatielijn had veroverd.

We hebben hierdoor een muur gecreëerd om de veroveringen van Hitler naar het oosten te verhinderen.

Of hij de Polen gerust kon stellen met deze verklaring? De term 'alternatieve feiten' bestond destijds nog niet, maar de vervorming van een feit zoals Churchill het hier heeft klaargespeeld, is de precieze definitie van dit concept.

Bloedige Zondag van Bromberg

Het verloop van de oorlog in Polen was intussen steeds gruwelijker geworden. De terugtrekkende Poolse soldaten hadden nu wraak genomen op de Duitse bevolking met als resultaat het bloedbad in de stad Bromberg. Dit zou later leiden tot wraakacties van Duitse soldaten op de Poolse bevolking.

Officieren van de oude garde, met een moraal van eer en ridderlijkheid, wilden het weerzinwekkende misbruik van de Duitsers, de brandstichtingen, de plunderingen en schietpartijen bestraffen. Hitler verbood echter dat zulke misdaden vervolgd zouden worden, omdat hij in deze kritieke oorlogssituatie bang was dat de macht van zijn leger zou verzwakken.

Om dezelfde reden zijn ook vandaag, naar de Amerikaanse grondwet, nog steeds geen bestraffingen van Amerikaanse soldaten in oorlogsgebieden mogelijk.

Drôle de Guerre (2.11)

Oorlog in het Westen

Er gebeurde niets in het Westen. Hitler had het bevel gegeven dat er geen enkel schot zou worden afgevuurd en dat zonder zijn uitdrukkelijke toestemming geen voet op vijandelijk grondgebied mocht worden gezet. Na het 'Briand-Kelloggpact' werden verdedigingsoorlogen toegestaan, maar aanvalsoorlogen verboden. Zowel Frankrijk als Engeland hadden zich bij dit pact aangesloten, ook Duitsland volgde. Als

Duitsers deze landen niet aanvielen, kon men ze niet als agressors brandmerken. Hitler hechtte dan ook veel waarde aan het feit dat deze landen als eerste zouden aanvallen, zodat ze als oorlogsmisdadigers zouden worden beschouwd. Dit leidde tot een 'phoney war,' een Schemeroorlog, zoals de Engelsen hem noemden.

Watermijnen

Churchill had een fantastische verbeeldingskracht. Hij wilde aanvankelijk romanschrijver worden. Hij projecteerde zijn idealen in 'Savrola,' de revolutionaire held van zijn gelijknamige eerste grote roman. Uiteraard komt 'Savrola' als groot overwinnaar uit alle gevechten. De naam is afgeleid van 'Savanarola,' de naam van een monnik, die op de brandstapel in Florence belandde.

De fantasierijke Churchill stelde voor om aan de Franse kant van de Moezel, net boven Trier, tienduizenden watermijnen in de Moezel te werpen, die vervolgens met knallend geweld moesten exploderen langs de oeversteden. En dat alles tot in Koblenz, waar de Moezel uitmondt in de Rijn en de Rijnse steden dus ook van dit vuurwerk mochten "genieten."

De Fransen wuifden dit voorstel weg omdat sommige mijnen mogelijk tot in het Nederlandse deel van de Rijn en Nederland zelf zouden kunnen raken. De Nederlanden, bondgenoten van de geallieerden en officieel neutraal, zouden allerminst blij zijn geweest met dit soort invalsplan.

Saarland

In het Saarland bevonden zich zes dorpen buiten de Duitse vestinggordel, de Siegfriedlijn. Deze dorpen werden door de geallieerden ontruimd na de oorlogsverklaring. Een Franse generaal kon het echter niet laten om er toch even binnen te marcheren. Op de Fransen mocht naar hartenlust worden geschoten omdat het tenslotte indringers waren. Het was geen aanvalsoorlog, maar verdediging. Het avontuur van de Franse generaal had aan 2000 jonge Fransmannen het leven gekost.

Narvik

In oorlogen zijn ijzer en staal nodig en Duitsland had er heel weinig van. Het haalde zijn ijzererts van Zweden uit de 'Kiruna' mijn. Dit erts werd vanuit de naastgelegen haven van Narvik verscheept. De Engelsen waren hiervan op de hoogte. Churchill, die bij het uitbreken van de oorlog de oppercommandant van de vloot was geworden, wilde de respectievelijke zeeroute naar Duitsland afsnijden. Alle Noorse havens, Bergen, Tromso, Hammerfest, enz., moesten vol met mijnen worden gelegd, zodat de Duitse schepen niet in de buurt van de kust konden varen, maar de open zee in moesten, waar ze gemakkelijk konden worden onderschept en tot zinken worden gebracht door de krachtige Engelse vloot.

Verlies

Terwijl het Britse oorlogskabinet nog steeds debatteerde over welk Engels schip welke Noorse haven vol met mijnen moest leggen, kwam de boodschap "Hitler heeft de haven van Narvik al bezet." Het geschreeuw over het feit dat hij daardoor de soevereiniteit van Noorwegen had geschonden, hielp niet meer. Alsof de Britten toestemming aan Noorwegen hadden gevraagd om de Noorse havens te vol met mijnen te mogen leggen.

Eerste nederlaag

Churchill moest handelen. De hele Britse marine had de handen vol in Narvik en werd op de vlucht gejaagd door drie Duitse schepen. Deze drie schepen waren het enige eigendom dat Duitsland nog overhad, omdat de hele keizerlijke vloot na de Eerste Wereldoorlog aan de Britten moest worden overgedragen. Het kostte tijd om een schip te bouwen en Hitler had er tegen die tijd amper drie kunnen bouwen.

Scapa Flow

De Duitse krijgsvloot werd vastgezet in Scapa Flow. De Duitse oppercommandant voerde de overdracht niet uit, maar liet de hele vloot op eigen houtje zinken. Op de zeebodem liggen nog steeds alle schepen met hun trotse namen. Het is het grootste scheepskerkhof ter wereld. Op 14 oktober 1939 zonk het eerste Engelse schip op dit grote scheepskerkhof door een Duitse onderzeeër: 'Royal Oak.' Een symbolische plek.

Afdanking van Chamberlain

Het dilettantisme van 'Supreme Admiral Churchill' werd als zo schandelijk aanzien dat consequenties onvermijdelijk waren. Neville Chamberlain nam de volledige verantwoordelijkheid voor het falen van topadmiraal Churchill op zich en trad af. En dan nu de goddelijke logica. Als opvolger en opperste krijgsheer, uitgerust met dictatoriale machten, werd opnieuw de geniale Churchill aangewezen.

Blitz (2.12)

Einde van de Schemeroorlog

Toen dit in Berlijn bekend raakte, was het duidelijk dat er met Churchill geen onderhandeling mogelijk waren. De weg terug was afgesneden. De Schemeroorlog werd een Blitzkrieg. Hitler moest toeslaan, het westelijke offensief begon op 10 mei 1940 en van 27 mei tot 4 juni werd er nog steeds gevochten om Duinkerken, waarna de Blitzkrieg voorbij was en het verenigde Franse en Britse leger zou zijn verslagen.

Bloed, zweet en tranen

Churchill was slechts 10 dagen in zijn functie benoemd. Aan het begin van zijn inauguratie had hij zijn beroemde toespraak gegeven: "Ik kan alleen maar bloed, zweet en tranen beloven," in het origineel "*I have nothing to offer but blood, toil, tears and sweat.*" Twee weken later demonstreerde hij opnieuw zijn briljante vaardigheden als veldheer.

Black dog

Churchill geeft toe dat Hitler gewonnen heeft. "Maar door de achterlijkheid van zijn generaals, heeft hij de overwinning verspeeld." Ze hadden het namelijk niet klaargespeeld om de verslagen Engelsen als gevangen te nemen. Volgens Churchill zou de oorlog dan ten einde zijn geweest. In dit geval zouden de vredelievende Engelse politici zich niet langer de voortzetting van de oorlog van Churchill hebben laten dicteren.

Misleiding?

Het is niet duidelijk of Churchill hier opzettelijk probeert te misleiden, of dat hij niet wist dat de Duitse generaals de Britten aanvielen en persoonlijk werden verhinderd door Hitler om ze als gevangenen te houden. Hij maakte het opzettelijk mogelijk voor de Engelsen om te vluchten, gelovend dat als hij de Engelsen de schaamte van een gevangenschap bespaarde en hun trots ongeschonden liet, hij sneller zou kunnen rekenen op de vredelievende leden van de Engelse Regering, die hem als vriendelijk zouden beschouwden.

Dat bleek echter een grove vergissing.

Redding

300.000 Britse soldaten konden per boot ontsnappen naar Engeland via dit smalle deel van het kanaal. 85.000 Franse soldaten slaagden er eveneens in om naar Engeland over te steken. De volledige militaire uitrusting van beide legers bleef achter als schroot, inclusief de wapens die Onassis jarenlang vervoerde. Voor deze redding was slechts een week tijd nodig: Van 27 mei tot 4 juni 1940.

Zonder gevecht

Tien dagen later vestigden de Duitse troepen zich zonder gevechten in Parijs, terwijl het grootste deel van het verslagen Franse leger zich terugtrok in de richting van Bordeaux. De generaal die een cruciale rol speelde bij deze terugtrekking en het besluit om verdere vijandelijkheden op te geven, was de inmiddels 84-jarige Maréchal Pétain, de grote held van Verdun in de Eerste Wereldoorlog.

Capitulatie

Hij ondertekende op 22 juni 1940 de capitulatie in Compiègne in dezelfde historische spoorwegwagon waarin het verachtelijke Dictaat van Versailles werd ondertekend. Er werd overeengekomen dat Noord-Frankrijk voortaan onder Duits bestuur zou vallen. Het zuiden van Frankrijk moest een onafhankelijke Franse regering behouden. De voorlopige Franse regering zou echter naar Vichy moeten worden verplaatst, omdat de kusten aan het kanaal en deze aan de Atlantische Oceaan bezet en versterkt waren voor de verdediging. De nieuwe president van Frankrijk zou Pétain worden.

Collaboratie

Voor de bevoorrading van de bevolking in het zuiden en voor het behoud van de handel, eigenlijk voor het behoud van elke vorm van statelijke orde, was een samenwerking met de Duitsers onontbeerlijk. Hitler's verlangen om Frankrijk tot bondgenoot van Duitsland te maken in de strijd tegen Engeland, werd door Pétain resoluut afgewezen. Hij wilde neutraal blijven. Pétain behield nog steeds zijn leger en de volledig intacte oorlogsvloot, de grootste ter wereld na de Engelse. Het moest de heerschappij van Vichy in Frankrijk verzekeren via zijn kolonies Algerije, Marokko en Tunesië. Hitler liet op zijn beurt ook twee miljoen Franse krijgsgevangenen vrij.

Parijs

Hitler wilde zich verzekeren van de Franse welwillendheid . Na het einde van de oorlog zouden de oude grenzen hersteld worden, alleen Elzas-Lotharingen zou Duits moeten blijven. Het culturele leven in Parijs mag niet bezwijken onder de Duitse bezetting. Veel grote Franse kunstenaars en acteurs zetten hun carrière voort: Cocteau, Max Ophüls, Jean Marais, Giraudoux, Anouilh en vele anderen zorgden voor het verfijnde entertainment in de hoofdstad. Voor de Duitse bezetting werd de detachering naar Parijs als een voorrecht beschouwd. Overvloedige champagne en fijne Franse wijnen zorgden ervoor dat bijna elke dag een feest werd.

Pétain

Men heeft Pétain en al degenen die met hem samenwerkten na de oorlog op nooit geziene wijze aangevallen en de toen 89 jaar oude generaal zelfs ter dood veroordeeld. Hij had niet verder gevochten en zelfs met de vijand samengewerkt.

Generaal de Gaulle heeft hem dit uiteindelijk vergeven en tot een levenslange gevangenisstraf veroordeeld.

Général de Gaulle

Hijzelf heeft echter andere beslissingen genomen dan Pétain. De Gaulle was samen met alle generaals in Bordeaux toen hij hoorde dat 85.000 Franse soldaten erin waren geslaagd om te ontsnappen naar Engeland. Omdat hij de hele krijgsschatkist met zich meezeulde, besloot hij zich met deze gelden in Londen te vestigen, wat hem ook daadwerkelijk gelukt is. Daar liet hij de Franse soldaten trouw zweren aan zichzelf en riep de regering in ballingschap uit. Vier dagen later, op 22 juni 1940 capituleerde kapitein Pétain. Boze tongen beweren dat hij dit deed omdat hij geen geld meer had. De Gaulle had de krijgsschatkist dan ook meegenomen naar Engeland.

We zijn alleszins niet alleen

Churchill was aanvankelijk erg blij met deze versterking. Hij vertrouwde de Gaulle in het volste geheim toe dat de situatie helemaal niet hopeloos was omdat FDR al lang beloofd had om zich bij de oorlog aan te sluiten, er sinds 1932 systematisch naartoe had gewerkt en dat de bewapeningswerken bijna voltooid waren. Deze informatie was echter 'top secret.' Zelfs in Washington wisten maar weinigen in de regering hiervan af. De Gaulle mocht er geen woord over reppen in zijn radiotoespraak. "We zijn niet alleen" was zowat het enige dat hij los kon laten, waarmee hij bedoelde dat hulp en bijstand binnen de verwachtingen lagen. Van wie? Dat was makkelijk te raden.

Informatieplicht

FDR en een van zijn ministers in het Congres hadden een interessante woordenwisseling. Nadat de president het toetreden tot de oorlog van de Verenigde Staten had bevestigd en liet verstaan dat hiervoor al jarenlang miljarden dollars waren geïnvesteerd, kreeg hij kritiek van een minister omdat hij het parlement hiervan niet op de hoogte had gebracht. De regeringsleden wisten van niets.

Het antwoord van FDR: "Als lid van de regering treft u schuld, u bent verplicht om uzelf te informeren over alles wat er gebeurt." Maar hoe had hij die plicht kunnen nakomen bij een zaak die als topgeheim de ronde deed?

Sinds het begin van de Eerste Wereldoorlog werd het Amerikaanse beleid niet langer gevoerd door de gekozen regering, maar uitsluitend door de geheime dienst.

Jemen

Aanvallen met drones maken in Jemen meer dan 3000 slachtoffers per jaar, en er vinden dagelijks tien moorden plaats zonder dat de Senaat of het Congres de reden en het doel van de aanslagen bespreekt. Men hoort maar zelden dat er iets helemaal fout is gegaan, bijvoorbeeld toen een huwelijksfeest met 150 burgers per ongeluk werd getroffen en weggevaagd.

Franse regering in ballingschap (2.13)

Gruweldaden

De meest prangende vraag was wanneer de Verenigde Staten tijdens de oorlog zouden gaan ingrijpen? De Amerikaanse bevolking was unaniem tegen een deelname aan Europese oorlogen. FDR had dus een gruweldaad nodig die zijn volk zou doen schreeuwen om oorlog. Verschillende kanalen werden opgezet om valse berichtgeving te verspreiden, maar men dacht niet dat ze enig effect zouden hebben. Walt Disney moest een tekenfilm maken die illustreerde hoe Hitler elke ochtend een gezonde baby at voor ontbijt. Maar omdat hij nog niet zo lang geleden belachelijk werd gemaakt als vegetariër, leek het toch geen goed idee. Een tweede suggestie was om te laten zien hoe SS-soldaten de buik van zwangere vrouwen opensneden en hun embryo's bij het kampvuur als een delicatesse opaten. Ook dit werd afgewezen omdat de SS'ers eerder moesten worden afgeschilderd als barbaarse monsters die rauw vlees eten, en niet als liefhebbers van delicatessen.

Eugenetica

De echt inhumane voorvallen in Duitsland waren tot die tijd de genademoorden op mensen met een erfelijke handicap en werden beschreven met het mooie eufemisme 'euthanasie.' Ze veroorzaakten ook grote protesten in Duitsland, maar werden niet crimineel genoeg geacht om een oorlog voor te starten. De eerste internationaal erkende wetenschappers voor eugenetica kwamen dan ook uit de Verenigde Staten. De wetenschap van erfelijke nakomelingen was in Amerika ontstaan

Jodenwetten

De wetten, die het huwelijk tussen Ariërs en joden, maar ook andere rassen verboden, werden goedgekeurd door orthodoxe joden. Ze wilden hun identiteit niet verliezen door gemengde huwelijken. Er wordt zelfs gezegd dat Hitler in ruil voor een financiering van zijn kiescampagne door de Rothschilds beloofde om deze wetten te laten gelden. Zelfs vandaag mag geen enkele jood een niet-joodse echtgenoot in Israël trouwen, het kan officieel ook nooit worden geregistreerd. Alleen een rabbijn mag het huwelijk sluiten. Als de partners niet aan deze voorstelling voldoen, moeten ze naar het buitenland gaan om te trouwen. De dichtstbijzijnde halte is Cyprus. Een huwelijk dat daar voltrokken wordt, wordt in Israël wel erkend.

Mers-el-Kebir

De Gaulle's affiniteit voor Churchill werd zwaar op de proef gesteld toen deze de Franse vloot in Mers-el-Kebir aanviel en liet zinken. Deze vloot moest de Franse suprematie van de Vichy-regering in haar Afrikaanse kolonies garanderen. Churchill dacht echter dat Hitler deze grote vloot wel voor zijn eigen doeleinden kon gebruiken om Engeland te bevechten, een inschatting die naar alle waarschijnlijkheid niet klopte. Zo werd een neutrale vloot van een land dat niet in oorlog was met Engeland en in strijd met het internationale recht tot zinken gebracht, met 1300 dode Franse mariniers tot gevolg.

De Gaulle kon dat niet aanvaarden. "Dit is een oorlogsmisdaad," zei hij tegen Churchill. Churchill antwoordde al lachend: "Dat wel, maar als ik overwin is het geen oorlogsmisdaad meer." Hij voegde eraan toe: "Als u mij verwijten blijft maken, laat ik u liquideren." Churchill was erg trots op zijn Frans, dus hij zei het zelfs in het Frans: "Si vous m'obstaclerez je vous liquiderai." 'Obstacle' betekent zoveel als hindernis, maar obstakels die in de weg worden geplaatst in de werkwoordelijke vorm 'obstacler,' bestaat niet. Churchill bleek dus ook nog eens erg creatief met taal.

Het neusje van de zalm

Er waren ook andere twistpunten. FDR had gehoord dat het meest waardevolle stuk van de Fransen in Indochina Vietnam was. Een land met een intelligente en rijke bevolking, waar veel te halen viel. Hij vroeg Churchill of het niet het uitgelezen moment was om dit koloniale gebied een handje te laten helpen. Ik heb gehoord dat De Gaulle bij u in Londen is. Kunt u hem niet gewoon laten ombrengen? Churchill antwoorde gevat: "Op dit moment zweren nog altijd 85.000 Fransen trouw aan hun leider, maar na de oorlog is er zeker een mogelijkheid"."

De zoon van FDR

Een brief van de zoon van FDR bevestigt dat zijn vader erg bezorgd was over de slechte behandeling van de Vietnamezen door de Fransen. Hij had dit land graag een paar jaar overgenomen om het voor te bereiden op toekomstige democratische ontwikkelingen.

Hetzelfde gold voor alle kolonies van Engeland. Roosevelt wilde ze allemaal onder Amerikaanse bestuur brengen, omdat hij dacht dat de Amerikaanse regering beter was uitgerust dan het bestuur van de Engelsen.

Interpretatie van Churchill

Hij toonde zich met deze intentie erg positief. Het was absoluut niet de bedoeling om alles over te nemen, maar om een vereniging van de twee grootmachten op ooghoogte te realiseren.

Wangedrag

Churchill – de 'Little Fat Man' – en de bijna twee meter grote reus de Gaulle raakten steeds meer van elkaar vervreemd. Ze pasten gewoon niet bij elkaar. De Gaulle was een verfijnd, ontwikkeld man, terwijl Churchill volledig ongecultiveerd was. Toen hij werd voorgesteld aan Greta Garbo, de ongenaakbare, goddelijke diva, greep hij haar voor de camera bij de borsten. Churchill begreep niet waarom mensen zo overstuur waren, hij wilde gewoon zien of ze echt waren.

In het edele 'Dolder' hotel in Zürich, serveerde men hem een gedistingeerde droge Riesling, niet wetend dat hij alleen zoete portwijnen en zware Franse Bordeaux dronk. De witte wijn smaakte hem zo zuur dat hij hem gewoon in het bord van zijn buurvrouw spuugde. Hij begreep bovendien niet waarom hij niet ogenblikkelijk een nieuw bord had gekregen. Daarom noemde de Engelsen hem 'guttersnipe,' wat zoveel betekent als een straatjoch of een snotneus.

X-day

De Gaulle werd door hem uitgesloten bij alle politieke beslissingen. Hij werd pas de dag voor de geplande geallieerde landing in Bretagne ingelicht. De bombardementen op de Franse badplaatsen hielden geen rekening met de Franse burgerbevolking. De totale vernietiging van St. Malo, de prachtige stad Caen of zelfs de stad Marseille was, onder het voorwendsel dat Duitse soldaten zich daar hadden verschanst, volkomen onterecht.

Casablanca

De gewelddadige landing in Marokko en de verovering van Casablanca was in strijd met het internationale recht. Er heerste nog steeds het bestuur van de neutrale regering van Vichy. Aan de strijd van de loyale Fransen kwam al snel een einde, gezien de superioriteit van de Britten en de Amerikanen. "Slechts een paar honderd" Franse soldaten verloren hun leven en Churchill was nu in staat om met FDR een conferentie te houden vanuit Casablanca, om van daaruit de Noord-Afrikaanse campagne te starten.

Na de oorlog (2.14)

Overwinningsparade

Churchill had zich de triomfantelijke intocht in de Franse hoofdstad Parijs al voorgesteld. Hij plaatst zichzelf en zijn troepen aan het hoofd van de triomftocht, dan mochten de Amerikanen volgen, dan de Polen, en tenslotte de Gaulle met zijn Fransen.

Battle of Paris

Hij al gedroomd van de Slag om Parijs, waarbij hij alle prachtige gebouwen van de stad had kunnen vergruizelen tot puin, maar dit werd gedwarsboomd omdat generaal Choltitz, in strijd met het bevel van Hitler, de stad zonder bloedvergieten had overgeleverd.

Intocht

De Gaulle maakte van deze gelegenheid gebruik om als eerste de stad binnen te vallen met zijn Fransen, terwijl Churchill nog steeds bezig was met het plannen van zijn triomfmars.

De Gaulle kreeg ook de kans om te voorkomen dat communistische ondergrondse strijders, die hun hoofdkwartier in de Renault-autowerkplaatsen hadden, een Sovjetrepubliek naar Stalin's model verkondigden in Parijs.

Prostituees

Churchill liet de geheime dienst altijd de nieuwste grappen oppikken die in de bespioneerde gebieden de ronde deden. Toen hij de grap over twee hoeren die klaagden omdat de zaken zo slecht liepen hoorde, concludeerde hij dat wanneer zelfs de Duitse soldaten geen zin meer hadden om langs de hoeren te gaan, het met hun vechtlust ook niet al te goed gesteld zou zijn. Dan werd het gewoon tijd voor de aanval.

En nu de grap. De ene zei: "Stel je voor, vandaag moest ik het doen voor een beetje brood."

De ander antwoordde: "En ik alleen voor wat warms in mijn buik."

Aan het einde van de oorlog vonden vrouwen die wat met de Duitsers hadden gehad zichzelf in een erbarmelijk slechte toestand en hun haren werd afgesneden. Ze werden door de straten gedreven en velen werden doodgeschoten.

Een welbespraakte lichtekooi, die berecht werd voor haar relaties met Duitsers, verontschuldigde zich met de woorden:

"Mon cul est internationale."

Maar ook deze wereldse dame werd met afgeschoren haar door de straten van Parijs gejaagd.

Scheiding (2.15)

Sonderweg

De Gaulle wilde weg van Engeland en de Verenigde Staten. Hij wilde een Europa van vaderlanden zonder Engeland. Dit land was een Amerikaanse vazal geworden en had niets te zoeken in Europa. Frankrijk sloot zich ook niet aan bij de NAVO, en hij drong erop aan dat Frankrijk een atoombom zou bouwen om onafhankelijk te zijn van de Verenigde Staten en Engeland. Dit wapen kreeg het spottende koosnaampje "force de frappe".

Duits-Franse vriendschap

De Gaulle wist dat de twee volkeren van Duitsland en Frankrijk eigenlijk broeder-naties waren, zoals in het begin onder Karel de Grote, wiens afstammelingen daadwerkelijk de koningen van het Oosten en het Westen waren, totdat ze in de 19^e eeuw helaas aartsvijanden werden. Hij gaf deze speech in het Duits in Ludwigsburg en daaruit ontstonden stedelijke partnerschappen en de uitwisseling tussen Duitse en Franse scholen. Hij riep de Duitse jeugd op: "Jullie zijn de kinderen van een groot cultuurvolk en mogen trots zijn om er deel van uit te maken". Dit was volledig in strijd met de tactiek van de Engelsen en Amerikanen, die spraken over de collectieve schuld van de Duitsers.

De Duitse regering moest de Amerikanen echter zo snel mogelijk verzekeren dat de vriendschap met hen vanzelfsprekend voorrang had. De Amerikanen waren allesbehalve verheugd over de toenadering van beide staten.

Eerbied

Als men terugdenkt aan de politieke gebeurtenissen van die jaren, moet men ook en andere beoordeling overwegen van de rol van Pétain. Hij werd gearresteerd en ter dood veroordeeld, maar in feite redde zijn capitulatie de Fransen van de vernietiging van hun steden en het aantal van 250.000 dodelijke slachtoffers zijn laag in vergelijking met de 27 miljoen Russen en 6 miljoen Polen die omkwamen in de strijd. Daarvoor zou Frankrijk hem in principe dankbaar moeten zijn.

Toen Mitterrand een witte roos op zijn graf plaatste – hij rust op een eiland in de Atlantische Oceaan waarnaar hij ook verbannen werd – moest de president van de republiek bijna ontslag nemen. Dit bewijst dat de oorlogshysterie ook in Frankrijk nog steeds leeft.

Afscheid

Na deze verhalen, die tot ver na het einde van de oorlog reikten, was het laat geworden, lang na middernacht. Cynthia en Charles namen afscheid en ook Douglas nam een taxi naar huis. We waren het erover eens dat we elkaar in de nabije toekomst zouden ontmoeten voor een nieuwe gespreksronde. Ik kon bij Houston overnachten. De volgende dag, na een niet al te lange nachtrust, besloten we een tochtje op de Theems te maken.

Dag drie

Boottocht op de Theems (3.1)

St. Pauls

Deze tocht is altijd een ervaring. We gingen aan boord van een van de regelmatig aanmerende boten in de buurt van Tower Brigde en voeren stroomopwaarts. Het is indrukwekkend hoe goed de moderne gebouwen en wolkenkrabbers in het historische silhouet passen. Denk maar aan de Shard en de Swiss Re Tower, de augurkvormige Gherkin, of het London Eye.

Er zijn echter ook problemen met de elegant gekromde gevel van een volledig uit glas vervaardigd gebouwencomplex, dat eruitziet als een reusachtige brandlens. Het zonlicht wordt zo gebundeld dat de geconcentreerde straal gaten in de carrosserieën van geparkeerde auto's brandt. Een absoluut vloekend, zwart gigantisch tapijt voor de gevel is waarschijnlijk geen definitieve oplossing.

Onmiddellijk na het begin van de tocht op de boot, verschijnt de grote koepel van St. Pauls aan de rechterkant. Deze kathedraal werd gebouwd na de grote brand van Engeland, op de plaats van een oudere kerk van de hand van de grootse bouwheer Christopher Wren. Honderden gedenkstenen voor nationale oorlogshelden werden in de crypte opgezet.

De vele oorlogen die Engeland heeft gevoerd zijn de trots van de Engelsen. Houston vertelde ook enthousiast dat er geen enkel land op aarde is dat zoveel oorlogen heeft doorstaan als Engeland.

Sinds de oprichting en de Onafhankelijkheidsoorlog hebben de Verenigde Staten geleidelijk aan de Britten ingehaald. In de afgelopen 20 jaar hebben de VS 1.200 militaire interventies uitgevoerd in alle delen van de wereld.

"En hoe zit het met Duitsland?," vroeg ik. Het is nog niet zo lang geleden dat jullie, met zoveel trots op de moed van jullie soldaten, vrijwel aan de onderkant van de schaal zijn gaan bungelen.

Zwitserland

Er zijn slechts twee landen waarmee we nooit in oorlog zijn geweest. Dit zijn Mongolië en Zwitserland. We waren niet geïnteresseerd in Mongolië. Minerale bronnen werden pas de afgelopen jaren ontdekt. Maar in Zwitserland hadden we wel veel kunnen halen. En nu een verrassing voor mij: Houston had geen goed woord over voor dit land omdat het nooit een inval door Engeland had toegestaan. Bovendien zei hij dat de enorme sommen geld van potentaten over de wereld op Zwitserse bankrekeningen veel beter hadden kunnen worden verduisterd door de *Bank of England*.

Dat meen je niet serieus. Gewoon satire. *Whatever*. In een verhalenverzameling kunnen er af en toe grappige dingen tussen zitten.

Verdwaalde bommen

Onze ogen rustten nog steeds op de koepel van St. Pauls. Houston herinnerde zich dat tijdens de aanvallen van de Duitsers op de dokken, een verdwaalde bom de kathedraal had geraakt. De foto's van die tijd tonen hoeveel puin een enkele voltreffer kan veroorzaken.

Hij vertelde ook dat Churchill enorm onder de indruk was toen hij er met de gewone Londenaren over sprak, en hoe hij zich bewust was van het psychologische effect dat de vernietiging van dit symbool had. Het bombarderen van gewone huizen of industriële installaties weegt niet op tegen de psychologische schade die de vernietiging van grote nationale monumenten met zich meebrengt.

Churchill concludeerde dat hij zijn piloten vóór vertrek moest meegeven dat ze onmiskenbaar unieke gebouwen moesten treffen. Zo werd bijvoorbeeld de voorkeur gegeven aan het bombarderen van kerken, kathedralen, kastelen of vestingen.

Kroningskapel

De kroningskapel in Aken, vandaag werelderfgoed, werd gebouwd door Karel de Grote in 800, hetzelfde jaar als de Rotskoepel in Jeruzalem en in een vergelijkbare stijl. Dit was de eerste die moest worden vernietigd. Omdat de sterkere mannen allemaal aan het front waren, hadden zestienjarige scholieren ermee ingestemd om tijdens de luchtaanvallen niet naar de bunkers te gaan, maar de kapel te bewaken en de gevaarlijke brandbommen te verwijderen, die het oude, droge hoofdgestel bedreigden.

Churchill heeft tot tweemaal opdracht gegeven om dit monument ter herdenking van de kroning van Duitse koningen en keizers te vernietigen. Gelukkig zonder succes.

Dom van Keulen

Hij hechtte er ook veel belang aan dat de Dom van Keulen in puin en as zou worden gelegd. De Dom was een nationaal monument voor heel Duitsland. De voltooiing van de kathedraal in de 19^e eeuw werd gesteund door alle Duitse staten. De Dom van Keulen moest laten zien dat het christelijk geloof na de anti-kerkelijke Franse revolutie in Duitsland nog steeds heerste.

Het is bijna onbegrijpelijk dat dit gebouw zeventig treffers heeft overleefd.

Wenen

Terwijl de luchtaanvallen zich verder zuidwaarts naar Oostenrijk uitstrekten, drukte Churchill de piloten die Wenen moesten bombarderen op het hart dat ze het operahuis en de Stephansdom moesten vernietigen. En dat lukte. De opera vormde het symbool van Wenen als wereldhoofdstad van de muziek, beroemde opera's van Mozart werden er in première gebracht en in de Stephansdom werden de Habsburgse keizers gekroond.

Kathedraal van Straatsburg

Dit gebouw werd door Hitler geclassificeerd als het nationaal monument van Duitse architectuur. Goethe had in Straatsburg gestudeerd en een werk geschreven over de bouwmeester Erwin von Steinbach. Aangezien Straatsburg zich in het begin van de oorlog niet in de gevechtszone bevond en alleen door Fransen werd bewoond, zag Churchill pas in het voorjaar van 1945 een mogelijkheid om deze structuur te vernietigen, omdat de Duitse soldaten bij de terugtrekking van het westelijk front via Straatsburg naar Zuid-Duitsland vluchtten. Op die manier kon hij uitleggen dat het bombardement bedoeld was voor de vluchtende soldaten. De schade aan de kathedraal was enorm en pas 20 jaar later gingen de Fransen van start met het ruimen van het puin.

Globe Theatre

Aan de linkerkant verscheen het Globe Theatre, het podium van Shakespeare. Churchill beweerde dat hij alle drama's uit het hoofd kende. Hij had een fenomenaal vermogen om te onthouden. De drama's van Shakespeare behoorden tot zijn topfavorieten. Hij zei dat men precies weet wanneer een stuk over is, namelijk wanneer alle lijken op het podium verspreid liggen. Dit weerspiegelde zijn eigen *killer-instinct* perfect.

Tinnen soldaten

Omdat hij leed aan dyscalculie en rekenen voor hem een catastrofe was, gaf zijn privéonderwijzer de voorkeur aan het naspelen van de grote veldslagen van de wereldgeschiedenis met zijn grote verzameling tinnen soldaatjes. De slag bij Waterloo met Wellington, de slag bij Trafalgar, de veldslagen van Caesar en Alexander. En alleen toen alle tinnen soldaten aan beide kanten waren gevallen, was de strijd voorbij.

Papa's mening

De vader van Churchill keek af en toe naar het spel met de tinnen soldaatjes en Churchill vertelde later: "Hij herkende mijn militaire genie al vroeg en schreef me in aan Sandhurst, de militaire academie." Later relativeerde hij dit lof: "Hij besefte tijdens het kijken naar mijn spel met de tinnen soldaatjes al vroeg dat studeren in Oxford niets voor mij was".

Savoy Hotel

Het is misschien wel het beste hotel in Londen en enorm in zijn omvang. Het ademt herinneringen en er zijn tal van beroemdheden die er hebben overnacht. De daken en de bovenste verdiepingen doken rechts voor onze ogen op.

Houston vertelde me welke beroemdheden vaak in het 'Savoy' kwamen. Ik was vooral geïnteresseerd in hoe Herbert Hoover in de Eerste Wereldoorlog alle gestrande Amerikanen geld uit eigen zak had gegeven. Het uitbreken van de oorlog had hen in Europa verrast, waardoor ze niet onmiddellijk konden terugkeren naar Amerika. Ze hadden gewoon geld om een ander verblijf te bekostigen. Hij vroeg ook zijn vrienden om te helpen met privé-middelen. De gestrande Amerikanen, zo wordt het tenminste eervol verteld, betaalden later alle bedragen – tot wel 400 dollar – terug.

Ondersteuning

Kort daarna startte Hoover met een grote hulpactie. De toevoer voor de gehele bevolking van België stortte in door de binnenmarcherende Duitse troepen en de gevechten in de Eerste Wereldoorlog. De krijgswet bepaalt dat de bezetter van het land verantwoordelijk is voor de bevolking, maar dit was in deze moeilijke situatie onmogelijk voor Kaiser Wilhelm. Met name door de zeeblokkade, die Churchill had bevolen en waardoor geen Belgische haven kon worden benaderd. Hoover slaagde erin om het onder vrije vlag te krijgen en er kon nu zonder te worden aangevallen tussen de vijandelijke lijnen worden genavigeerd om de Belgen te voorzien via een Nederlandse haven.

De Duitse keizer had met grote opluchting toegestemd, maar Churchill was razend. Hij bracht het volgende argument naar voren: "Als Belgen verhongeren is dit een oorlogsmisdaad, waarvoor de Duitse keizer verantwoordelijk is. Ik vind dat hij daarvoor moet hangen." Hoewel de Belgen bondgenoten van de Engelsen waren, had Churchill de voorkeur gegeven aan hun dood in plaats van de ondersteuningsacties van Hoover.

Hoover was voor hem het object van haat. "Ik haat hem nog meer dan Hitler." Ik zal je nog meer vertellen over deze vijanden, zei Houston.

De grote overstroming van de Mississippi in 1927

Het was de grootste ooit. 70.000 vierkante kilometer stonden negen meter onder water. De slachtoffers van de overstroming hadden niets anders over dan hun natte kleren. Hoover gaf ze simpelweg geld uit eigen zak, zodat ze de komende dagen iets te eten konden kopen.

Vandaag worden plaatsen in nood officieel als rampgebied uitgeroepen. De gouverneur brengt een bezoek en belooft hulp in de nabije toekomst. Deze nabije toekomst kan echter maanden duren.

Presidentsverkiezingen

Met deze acties had Hoover het vertrouwen van het Amerikaanse volk voor zich gewonnen, zodat hij het volgende jaar tot president werd gekozen, hoewel de volledige pers alleen maar laster en leugens over hem had verspreid.

Parallellen

Vandaag merken we een verbazingwekkende parallel, namelijk dat de Amerikanen tegen de wil van het establishment en ondanks de tegenpropaganda van alle kranten, voor Trump en tegen Hillary Clinton hebben gestemd.

Een miljard dollar, waarmee de rijke banken de campagne van Hillary steunden, werd tevergeefs gespendeerd. Een teken dat de kracht van de pers nog niet almachtig is, omdat deze steeds meer als leugenachtig wordt bestempeld.

Nancy Astor (3.2)

Waldorf Astoria

Een ander gerenommeerd luxehotel in Londen bevindt zich in de buurt van de Koninklijke Opera: het 'Waldorf Astoria.' Ook haar dak zagen we verschijnen vanop de boot. Het gelijknamige hotel van dezelfde eigenaar is ook te vinden in New York. Nancy Astor is zijn vrouw. Zij was het eerste vrouwelijke lid van het Britse parlement. Churchill lustte vrouwen rauw en zei al spottend: "Ik voel me tegenwoordig in het Parlement alsof ik thuis naakt in bad zit en wordt verrast door een ongewenste indringer."

Partijwissel

De twee stonden elkaar dan ook voortdurend in de weg. Churchill trad als edelman uiteraard toe tot de Conservatieve Partij, waarvan Nancy Astor eveneens lid was. Deze partij vertegenwoordigde de belangen van de rijken. Vrijwaringsrechten moesten hen een grotere winst opleveren. Hij kreeg een kiesdistrict toegewezen, waarin de Labour Party de meerderheid had. De kans om gekozen te worden was dus zo goed als onbestaand, waarna hij overstapte naar de Labour Party. Daar mocht hij zich kandidaat stellen voor een kiesdistrict, waar zijn verkiezing veilig was. Hij kwam nu op voor vrijhandel en beloofde de armere mensen goedkopere goederen. Hij rechtvaardige deze stap met de zin: "Ik wil vooral mijn land dienen."

Nancy vond het buitengewoon karakterloos en zei: "Als ik jouw vrouw was geweest, zou ik gif in je thee gieten". Churchill antwoordde: "Lieve Nancy, als ik jouw man was geweest, zou ik die thee met plezier drinken."

Ik vind dit citaat zijn beste.

Gemaskerd bal

Tijdens een gemaskerde bal vermomde Churchill zichzelf met een zwarte blinddoek en arm in zijn strop, net zoals zijn grote rolmodel Nelson. Nancy kwam naar hem toe en zei: "Je kunt je zoveel verkleden zoals je wilt. Iedereen herkent je onmiddellijk. Als je eens een keer nuchter zou opdagen, dan pas zou geen kat je herkennen." De anders zo scherpe Churchill stond even met de mond vol tanden.

De laatste liefde van Lord Nelson

Er is een film met Vivian Leigh, waarin Churchill zichzelf zodanig herkende, dat hij hem wel twintig keer bekeken heeft, telkens in tranen. De film laat zien hoe Nelson's geliefde, Lady Hamilton na zijn dood berooid achterbleef en zichzelf in leven hield door te bedelen en te stelen. Voor Churchill was zij een voorbeeld van doorzettingsvermogen in een uitzichtloze situatie. Op dat moment een voorbeeld voor de hele natie om niet op te geven na de nederlaag in Duinkerken. Voor Churchill was de film een kunstwerk op het niveau van een Shakespeare-drama en het bewijs dat oorlog ook in de kunst wordt aangemoedigd.

Alweer hetzelfde liedje

Een paar dagen na het gemaskerde bal kwamen Nancy en Winston weer bij elkaar in het parlement. Nancy sprak hem aan: "Je bent weer dronken." Churchill antwoordde: "Luister naar Nancy, ik ben dronken. Maar morgenochtend ben ik weer nuchter. Je bent lelijk en als je morgenochtend in de spiegel kijkt, ben je nog net zo lelijk als vandaag." Churchill was bepaald geen gentleman. Vanaf dat moment lieten de twee elkaar met rust.

Liefde met een traan

Churchill legde het later als volgt uit: "Ze had graag met me willen trouwen, maar omdat ik al getrouwd was, voelde ze zich geminacht."

Hoewel deze verklaring typerend was voor Churchill, de waarheid was minder fraai. Nancy Astor was een erg mooie, elegante verschijning. Haar foto's kunnen gemakkelijk worden gevonden op Google. Bovendien was haar ontzettend rijke man, die twee hotels van wereldklasse bezat, veel knapper dan de onaantrekkelijke Winston Churchill.

Ons schip had inmiddels de volledige lengte van de oeverpromenade van de 'City of London' afgelegd. De 'City' is een mijl lang en een mijl breed. Het vormt praktisch het centrum van deze wereldstad. Wat niet iedereen weet, is dat deze 'Square Mile' eigendom is van Baron von Rothschild. Het is het financiële centrum van de wereld. Honderden duizenden mensen komen hier overdag werken, 's Nachts blijven er slechts een paar duizend over, die het recht hebben om er echt te wonen. Hoewel de 'City of London' niet als staat wordt geregeerd, zoals het Vaticaan, werkt het volgens zijn eigen wetten, beschermers en administratie. Zelfs de koningin zou er officieel niet zonder voorafgaande aanmelding kunnen verschijnen. De daar gevestigde Bank of England, eigenlijk de staatsbank van het Koninkrijk, is in werkelijkheid de privébank van de Rothschilds. Het omvat ook Temple Church en andere tempels, hogescholen voor juristen, Old Bailey etc. etc.

Westminster Abbey (3.3)

Westminster

Westminster ligt direct aan het oostelijke uiteinde van de City of London. Iedereen kent het prachtige parlementsgebouw en de klokkentoren Big Ben. Daar stapten we uit en liepen we de straat over, naar de duizend jaar oude Westminster Abbey. Deze werd eveneens gebouwd door Willem de Veroveraar. Hij werd er gekroond. Sindsdien vormt de Abbey een indrukwekkende achtergrond voor alle grote staatsevenementen. Er vinden tot op heden geweldige uitvaartdiensten, kroningen en bruiloften plaats. De laatste viering in Westminster was de bruiloft van prins William en zijn Kate.

Graftombe van Elisabeth

We namen de audiogids, een geweldige uitvinding. Houston kon me alles echter nog veel beter uitleggen. We bleven even staan bij de graftombe van de grote Elisabeth, een prachtig versierd monument. Op slechts een paar meter afstand lag het al even indrukwekkende graf van Mary Stuart, in dezelfde stijl. Haar zoon Jacob liet het bouwen voor zijn moeder, en het zou op geen enkele manier hoeven onderdoen voor het graf van de koningin, die haar had laten onthoofden.

Maria Stuart

Ze was de koningin van Schotland, maar moest vluchten omdat ze haar staljongen had gevraagd om haar koninklijke echtgenoot om te brengen door een bom onder zijn bed te plaatsen. Dat plan namen haar Schotse onderdanen haar kwalijk. Ze kwam terecht in Engeland, wat voor moeilijkheden zorgde. Het bleek een ongemakkelijke situatie want volgens de regels van de katholieke wereld was de heerschappij van de protestantse Elisabeth, product van het door de paus niet erkende huwelijk met Anna Boleyn, niet geldig. Vanuit katholiek oogpunt was Mary Stuart de eerste in de rangorde van troonkandidaten, omdat de afstammelingen van Henry VIII uit andere huwelijken simpelweg niet ter discussie stonden.

Aanslagen

Daarom probeerden de volgelingen van Mary Stuart door aanslagen Koningin Elizabeth te elimineren, zodat de katholieke Mary Stuart de troon kon bestijgen. Deze spanningen en aanvallen leidden tot het proces tegen Maria Stuart, dat eindigde met de onthoofding van de Schotse koningin.

Tragische ironie

Zelf had ze geen kinderen en had dus geen andere keuze dan de zoon van haar rivale als haar opvolger te benoemen. Ze was nooit getrouwd en werd de maagd genoemd. Er is wel sprake van meerdere liefdesaffaires, onder andere met grote piraten als Sir Walter Raleigh en Francis Drake. De kolonie aan de oostkust van Amerika, die door Raleigh werd veroverd, draagt de naam Virginia – maagdelijk land. Het is goed mogelijk dat het hier om een ironische knipoog handelde.

Vreemd verhaal

Houston had hier een ongelooflijke verklaring voor. Hij zei: "Elizabeth was geen vrouw, ze was een man. Om haar adamsappel te verbergen droeg ze altijd nauwsluitende halskragen, en haar stoppels waren bedekt met dikke witte make-up," aldus Houston. Ze was geen maagd, maar gewoon homo – "*not a virgin, but gay.*"

Verklaring

Houston gaf zelfs een verklaring. Hij beweerde dat Henry VIII zijn dochter volledig had verwaarloosd nadat hij haar moeder had onthoofd, nooit voor haar had gezorgd en dat ze werd opgevoed door monniken. Toen de troonopvolgster Maria, de katholieke uit zijn eerste huwelijk, stierf, moest men op zoek naar een nieuwe kandidaat. Het meisje was echter zo verwaarloosd dat het kort na haar plaatsing in het klooster stierf. Nu vreesden de monniken de wraak van de koning en duwden ze een jongetje in de passende kleding naar voren. Hij speelde deze rol blijkbaar voortreffelijk tot aan het einde.

Pegasus

Hoewel ik moest lachen, vond ik dat Houston voor dit gevleugelde verhaal niet bepaald op Pegasus had geparadeerd, maar het had moeten stellen met een geitenbok.

Armada

De politieke verdiensten van de Grote Koningin over de gehele wereld blijven in elk geval onbetwist. Ze heeft van Engeland een wereldmacht gemaakt. Filip de Tweede, die zijn grote armada naar Engeland stuurde om de koningin ter verantwoording te roepen voor de onthoofding van Mary Stuart, leed zijn grootste nederlaag.

De echte reden voor deze oorlogvoering was echter dat de Engelse piraten de met goud beladen schepen van de Spanjaarden uit het pas ontdekte Amerika beroofden. De Spaanse koning wilde hier een eind aan maken.

Francis Drake

Hij is de grootste piraat van de zeeën en de meest succesvolle vrijbuiter aller tijden. Niemand heeft Elisabeth meer goud gebracht dan Drake. Zijn grote truc was niet om de Spaanse schepen in de Atlantische Oceaan aan te vallen, waar de Spanjaarden weerstand hadden geleverd, maar in de Stille Oceaan, waar ze zich veilig voelden. Zijn 'Golden Hinde' bezoeken we daarom ook. Het gaat natuurlijk om een replica, die verankerd is aan de oever van de Theems.

Dat hij door de grote Elisabeth in de adel werd geslagen, lag natuurlijk voor de hand.

Hij was trouwens de eerste zeevaarder die levend rond de aarde was gevaren. Hij moest het gestolen goud op de westelijke route via India en de Kaap de Goede Hoop naar Engeland brengen.

Magellaan werd halverwege de route op het eiland Cebu door de plaatselijke bevolking opgegeten. Slechts een van zijn schepen arriveerde in Portugal.

Jacob I

De zoon van Mary Stuart en de opvolger van Elizabeth waren allesbehalve geliefd onder de bevolking. Zijn zoon Carolus Stuardus nog minder, zijn leven vond dan ook een einde met zijn onthoofding. Deze keer was Cromwell de uitvoerder. De Engelsen zijn duidelijk heel efficiënt als het gaat om onthoofden. Lang voor de Franse revolutie en de onthoofding van Marie Antoinette en Lodewijk XVI, waren de Engelsen er al meesters in.

Poets corner

Helemaal aan het einde van het kerkschip hebben de Engelsen een herinneringshoek voor hun grote dichters en muzikanten ingericht. Bustes en gedenkplaatjes delen de herinneringen aan hun grootste kunstenaars. Het ontroert en roept de succesverhalen van weleer op. Een buste van Händel viert diens leven en werk in Londen; zijn 'Halleluja' van de 'Messias' is memorabel. Er staat ook een standbeeld van Shakespeare, een man waarvan de sonnetten op een lijn met zijn grote podiumwerken worden gezet. In de grond verankerd ligt een plaquette met een ode aan Dickens, wiens 'David Copperfield' tot een van de meest onvergetelijke romans behoort. Chaucer en zijn 'Canterbury Tales,' uitgebreider dan de 'Decamerone,' worden eveneens herdacht. Thomas More, 'Utopia', 'Thackeray,' 'Vanity Fair' (jaarmarkt voor adelijken). Lord Byron, Yeats, Keats, ze zijn allemaal vertegenwoordigd. Wordsworth beneveld in zijn gedichten met een paar woorden, "a host of golden daffodils," die doen denken aan de magie van de lente, wanneer de weilanden op het eiland bezaaid zijn met narcissen en sleutelbloemen.

Zo'n herinneringshoek had ik ook bij ons in Duitsland ook graag gezien.

Duits-Engelse vriendschap

De hechte literaire en culturele banden tussen Duitsland en Engeland begonnen in de tijd van Goethe met de ontvangst van Shakespeare. Men zou dit kunnen zien als een gelegenheid om een hechte Duits-Britse vriendschap op te bouwen, vergelijkbaar met de Frans-Duitse, die tenslotte erg waardevolle relaties mogelijk maken. De voorkeur van de Duitsers, met name voor Engelse romanschrijvers, is tot op heden aanwezig.

War Rooms (3.4)

Parliament Square

De Poets Corner bevindt zich aan het einde van de rondleiding door de kathedraal. We gaven onze audioguide weer af en liepen over Parliament Square langs het standbeeld van Churchill naar de war rooms. De ingang bevindt zich aan de achterkant van de 'Treasury' (de schatkist). Het monument van Churchill werd tussen het Parlement en zijn commandocentrum geplaatst, van waaruit hij de Tweede Wereldoorlog in banen leidde.

Het bronzen standbeeld van Churchill

De 'little fat man,' zoals hij altijd werd genoemd, is gehuld in een te grote generaalsjas. De expressieve gelaatsuitdrukking is echter erg goed geslaagd, waardoor iedereen hem onmiddellijk herkent, zelfs zonder zijn sigaar. Hij staat daar als de overwinnaar en de "grootste veldheer aller tijden," zoals Adolf Hitler spottend werd genoemd door zijn generaals – galgenhumor. Iedereen weet dat Engeland, net als Frankrijk in de Eerste en de Tweede Wereldoorlog, de overwinningen uitsluitend te danken had aan de tussenkomst van de Amerikanen.

Sudeten-crisis

De 'war rooms' werden aan het begin van 1938 gebouwd als bunker voor de oorlogsregering, want een oorlog met Duitsland was onvermijdelijk door de Sudeten-crisis. Dat werd alleszins aangenomen. Drie meter dik beton tussen de begane grond en de kelder, met een extra onderliggende verdieping, leken in die tijd afdoende om de nakende bombardementen te weerstaan.

Baruch

De 'Koning van Wall Street,' die door speculatie een van de rijkste mannen was geworden, adviseerde zijn vriend Churchill nu om oorlogsobligaties te kopen. Hij ging hiervoor zelfs een miljoenenlening aan. De obligaties waren waardeloos door de onverwachte vredesovereenkomst in München. Churchill was nu volledig bankroet, en kon zelfs de rente op zijn lening niet meer betalen. Hij was daardoor gedwongen om een hypotheek op zijn privéwoning in Chartwell te nemen.

Kritiek op het verdrag

Met deze informatie in het achterhoofd, ziet men de genadeloze kritiek van Churchill op het Verdrag van München met andere ogen. Hoe dan ook, onder de bevolking van Parijs en Londen barstte het gejubel los omdat een oorlog was voorkomen.

Reibach

Dat is begrijpelijk, want oorlog betekent voor een bevolking niet anders dan bloed, zweet en tranen. Als de oorlog daadwerkelijk zou zijn uitgebroken, had Churchill een draai moeten geven aan zijn beroemde zin "Ik beloof jullie bloed, zweet en tranen". Hij wilde eigenlijk zeggen: "Maar de 'reibach' (winst) maak ik samen met mijn vriend Baruch."

De Engelsen staan bekend om hun zwarte humor. Of ze om deze pointe hadden kunnen lachen, valt te betwijfelen.

Strakosch

De financiële rampspoed van Churchill moest Baruch natuurlijk compenseren. Hij vroeg Strakosch, een rijke Weense jood, om de miljoenenschuld aan obligaties en de nu waardeloze oorlogsobligaties over te nemen. Dat deed hij zonder enige moeite! Al een jaar later brak – gelukkig maar – de oorlog uit. Strakosch werd duizendmaal beloond voor zijn barmhartige werk, want nu namen de oorlogsobligaties weer in waarde toe.

Toegang

Er wachtten al veel bezoekers voor de deur. We draaiden ons nog een keertje om en lieten onze ogen dwalen over het prachtige, aangrenzende St. James Park. In de verte zie je door de takken en bladeren van de bomen Buckingham Palace. Daarna schoven we verder aan in de wachtrij en lieten geduldig onze tassen en zakken doorzoeken. Een terroristische aanslag op deze historische plaats zou dan ook bijzonder symbolisch zijn.

Er was al eens grote commotie ontstaan toen het standbeeld van Churchill werd geschonden. Men had het besmeurd met hakenkruizen, mest en urine. Een ander probleem waren de duiven, waarvan de witte uitwerpselen over het hoofd van

Churchill dropen. Daarvoor werd echter een oplossing gevonden. Het metaal staat nu voortdurend onder stroom, waardoor de duiven niet langer op zijn hoofd gaan zitten. De oorspronkelijke oplossing was om het hoofd van Churchill met prikkeldraad te omwikkelen, maar dit voorstel werd al snel weggewuifd omdat het teveel deed denken aan de doornenkroon van de Gekruisigde Christus.

Conferentiekamer

Het eerste vertrek waar men voorbijkomt is de 'kleine zaal', waar Churchill zijn oorlogskabinet ontmoette. Al met al maken deze oorlogsvertrekken geen indruk door overdadige luxe. Zoveel zware rokers bij elkaar, met aan het hoofd Churchill en zijn eeuwige sigaar, zonder airconditioning. Men kan zich er een voorstelling van maken. Vijf oorlogsjaren in deze kamers waren niet bepaald een groot plezier geweest.

De plee

Achteraan links zit een opvallende, hermetisch afgesloten deur, net zoals de deuren van koelruimtes. Ze is ook volledig geluidsdicht. Het is de deur naar het privétoilet van Churchill. Niemand mocht deze ruimte binnengaan, buiten Churchill zelf. Het moet er eigenaardig hebben uitgezien – Churchill, die zich na een urenlange sessie in zijn privé-toilet haastte, naar het gewone toilet. Zijn privétoilet was een hermetisch afgesloten ruimte, waarin het enige, voor hem persoonlijk toegankelijke zendstation zich bevond, de directe telefoonlijn naar FDR. Uit angst voor een mogelijke decodering had deze verbinding een eigen geheime taal. Churchill en Roosevelt waren van mening dat deze geheime code nooit door de Duitsers was gekraakt. Maar er zijn rapporten die aantonen dat de Duitsers er wel degelijk in waren geslaagd.

Enigma

De Duitsers hadden een encryptiemethode ontwikkeld die technisch niet achterhaald kon worden, 'Enigma.' Een ingenieuze Engelsman slaagde echter in het onmogelijke. Alle geheime berichten die de Duitsers onderling en met bondgenoten uitwisselden, werden gedecodeerd. Het lot van deze Engelsman, die overigens homoseksueel was en zelfs werd gecastreerd, is tragisch. Het resultaat was een bijzonder zware depressie, waardoor hij besloot uit het leven te stappen.

De enige niet-versleutelde geheime taal werd in gebruik genomen door de Amerikanen, ze kozen ervoor boodschappen te verzenden in een dialect van de Hopi-indianen. Een decodering zou ongeveer evenveel tijd hebben gekost als het ontcijferen van de hiëroglliefen door Champollion.

Keuken en slaapkamer

De karige keuken was uitgerust met wat goedkoop kookgerei, dat enkel Churchill ter beschikking stond. De kok kookte uitsluitend voor hem. Uit angst voor vergiftiging mocht niemand anders zich met Churchill in de kamer ophouden, of zelfs samen met hem eten. De slaapkamer met eenpersoonsbed oogde armzalig. Clementine, zijn vrouw, zou in Chartwell, in het privé-huis blijven wonen. Wat een afknapper voor een man die niet veel anders dan luxe gewend was.

Kaartenkamers (3.5)

Wereldkaarten

Op reusachtige, ingekaderde muurkaarten werd het respectievelijke frontverloop met steeknaalden aangeduid. Churchill informeerde zijn vriend Franklin zo goed hij kon, want Franklin was de onwetendheid in persoon als het ging om geografie. Dit is overigens kenmerkend voor alle Amerikaanse politici. Ze leven, net zoals het hele volk, in "splendid isolation."

San Diego

Zonder hulp van Churchill had FDR de Japanners niet kunnen provoceren voor een eerste aanval. Zijn 'flying tigers' hadden de Japanners enorme verliezen toegebracht, honderden schepen tot zinken gebracht en kon nog heel wat meer aanrichten als hij zin had gehad. De Japanners duldden alles. Het was Churchill die erop wees dat ze ook niet in staat waren om tegen de Verenigde Staten ten strijde te trekken. Het bereik van hun vliegtuigen was niet voldoende om tot op het vasteland te komen, waar de hele Pacifische vloot in San Diego zijn basis had. Roosevelt moest deze vloot eerst naar Hawaii verplaatsen. Dat is de helft van de weg naar Japan. De Amerikaanse inlichtingendienst lekten dit bericht. Pas nu werd 'de dag van de schaamte' (*day of ignominy*) mogelijk. Churchill kon wel juichen, want nu had hij officieel de Amerikanen aan zijn zijde voor zijn gevecht tegen Duitsland.

Vliegdekschip

De Amerikanen hadden zich gerealiseerd dat het in een moderne oorlog niet langer de schepen of gepantserde slagschepen waren die de veldslagen bepaalden. Vliegtuigen zijn sneller en een bom kan een niet-gepantserd schip laten zinken. Op die manier kon hij de hele 'Pacific Fleet,' die al verouderd was, opofferen als lokaas. Dat deed hij uiteraard niet zonder de vier moderne vliegdekschepen eerst nog dichter tot bij Japan, namelijk tot de Midway-eilanden, te brengen. Van daaruit konden ze een aantal dagen na de oorlogsverklaring al beginnen met het platgooien van Japanse steden.

Arizona

De vernietiging van de vloot in de Stille Oceaan vloot heeft enorm veel mensenlevens gekost. Het schip Arizona kapseisde en stak nog maar gedeeltelijk boven water. De 1300 opvarende zaten opgesloten in hun hutten en verdronken. De verschrikkelijke lijdensweg van de mariniers, die in de romp van het schip waren opgesloten, duurde dagen.

Tweede aanvalsgolf

De Japanners startten met een tweede aanvalsgolf. Alle vliegtuigen op Honolulu Airport werden vernietigd nog voordat ze konden opstijgen. Er was een derde aanvalsgolf op de brandstoftanks gepland. Deze werd gestaakt omdat de Japanners van mening waren dat er genoeg schade was aangericht om de Amerikanen te overtuigen om over vrede te onderhandelen. Dat bleek hun fatale fout. Zonder brandstof had het vele weken geduurd om opnieuw voorraden aan te leggen, maar nu kon Roosevelt onmiddellijk toeslaan.

Tokio

Vanwege de frequente aardbevingen waren de gebouwen in Japanse steden meestal één verdieping hoog en gebouwd van hout. De luchtaanval op Tokio, overwegend met brandbommen, veroorzaakte een ware vuurstorm met orkaankracht. De aanval eiste meer dan 100.000 doden. De omvang van de bombardementen op grote Japanse steden en het enorme aantallen aan slachtoffers, zijn vrijwel onbekend in het Westen.

Genocide

De oorlog tegen Japan werd vanaf het begin gevoerd tegen de burgerbevolking. De vier belangrijkste eilanden van Japan zijn allemaal vulkanische eilanden, waardoor er niets te ontginnen viel en dus waardeloos waren in de ogen van Amerikanen. De bevolking leefde echter efficiënt en intelligent. Ze bleken een sterke concurrent in de economische strijd, en het was dus allerminst interessant om deze vier eilanden bevolkt te laten blijven.

De oproep van Churchill

Daarom riep Churchill alle soldaten op: "Vermorzel ze allemaal – mannen, vrouwen, kinderen, gezonden en zieken. Waarom zouden we geen ziekenhuizen bombarderen, waar gewonden worden verzorgd en mogelijk opnieuw ten strijde worden gestuurd?"

Dit is de exacte aanvulling op zijn eis: "Het Duitse ras moet volledig worden uitgeroeid."

Oorlogsverklaring

Churchill werd ervan beschuldigd de oorlogsverklaring tegen Japan niet scherp genoeg te hebben geformuleerd. Hij antwoordde: "Als ik iemand wil vermoorden, kan ik het toch ook op een hoffelijke manier doen?"

Verklaring

Houston had me met deze verhalen veel nieuwe anekdotes verteld, dingen waarover ik vaag wat had gehoord. Maar hij moest me een zin preciezer uitleggen. "Je hebt het over vredesonderhandelingen, die de Japanners wilden afdwingen. Ik begrijp het niet. De oorlog is toch net begonnen door de aanval op Pearl Harbor."

Naïef

Je bent net zo onwetend als het Amerikaanse volk, dat in die tijd geloofde dat er een 'verrassingsaanval' van de Japanners had plaatsgevonden. Het was amper geweten dat de geheime machtselite van de Verenigde Staten een oorlog tegen Japan aan het plannen was. Maar echte details waren niet bekend. Het initiatief 'America first' propageerde: "Verbeter eerst de infrastructuur van ons land, stimuleer de economie en zorg ervoor dat de levensomstandigheden van de werkende bevolking beter worden. We hebben geen oorlog tegen Japan nodig."

Roosevelt kon er alleen maar om lachen. "Deze dwazen weten niet eens dat we al vijf jaar oorlog voeren met Japan."

Chinees-Japanse oorlog

De Amerikaanse machthebbers zijn erin geslaagd om de 'generalissimus' Chiang Kai Chek van de Communistische Internationale, de 'Komintern', te bevrijden en van hem een nationalist te maken met enorme sommen geld. Om zichzelf te bewijzen als de nieuwe leider van het reusachtige rijk China, zou hij Korea moeten veroveren. Dat behoorde op dat moment toe aan Japan. De totale oorlogskosten en volledige bewapening voor de generalissimus werden door de Verenigde Staten bekostigd. De Amerikaanse geheime dienst stak ook een handje toe om incidenten uit te lokken die resulteerden in vuurgevechten. Vuurgevechten waren nog steeds essentieel voor het begin van een oorlog, althans voor de hete fase.

Moderne auteurs

Houston zweeg even. Toen lachte hij en ging verder: "Hoe moderne technologie ons leven toch zoveel gemakkelijker maakt. In het verleden moest een schrijver al deze incidenten uitleggen en beschrijven." Ik kan nu gewoon zeggen: "Als je het interessant vindt, kun je de details op internet lezen." Lang leve het internet en Wikipedia.

Het verloop van de oorlog

De oorlog tussen China en Japan verliep niet zoals Roosevelt zich had voorgesteld. In plaats van de snelle verovering van Korea, waren er harde tegenvallers en Roosevelt dreigde met het stopzetten van betalingen voor Chiang Kai Chek, waarop deze dreigde met het staken van de gevechten. Dat was natuurlijk 'the worst case scenario,' het ergste dat kon gebeuren.

Flying tigers

Er bleef voor Roosevelt niets anders meer over dan de Chinezen concreet bij te staan. Hij gaf hen zijn elitegroep, de 'flying tigers.' De opvallend gekleurde vliegtuigen zijn eenvoudig op te zoeken online. Officieel was het niet toegestaan om als regeringstroep op te treden, dus werden ze vrijwilligers genoemd. Roosevelt zei zelfs dat het rebellerende soldaten waren, die tegen de wil van de regering waren gedeserteerd. In werkelijkheid werden ze door hem betaald en hun neergestorte vliegtuigen werden vervangen door Amerikaanse reservevliegtuigen.

Geheimhouding

Het is bijna een wonder dat een vijfjarige oorlog en een vliegend jachteskader met een capaciteit als dat van de 'flying tigers' jarenlang voor een natie verborgen had blijven. Als de pers de lippen echter strak op elkaar houdt, kan er natuurlijk niets naar buiten komen. Zelfs zijn voorganger, president Herbert Hoover, had geen idee van de geheime oorlog met Japan en was volledig overdonderd door de aanval op Pearl Harbor.

Deze kwam letterlijk en figuurlijk uit de lucht gevallen, behalve voor Roosevelt en Churchill.

Museum (3.6)

Armeense cognac

Aan de bewoonde 'war rooms' is een klein museum verbonden. Er worden diverse illustraties op borden getoond. Op een grote tafel worden alledaagse objecten uit het leven van Churchill, waaronder lege champagneflessen, tentoongesteld. Daarnaast liggen de rekeningen voor de wijnleveringen. Churchill kreeg zijn grote voorraden aan whisky van zijn vriend 'Johnny Walker.' Zijn gekende liefde voor Armeense cognac leidde er ook toe dat Stalin na de conferentie van Jalta jaarlijks een geschenkdoos met cognac namens de staat liet afleveren.

Mooier dan een liefdesbrief

Deze cognac was volgens Churchill beter dan de meest uitgelezen 'Fines de Champagne,' maar bevatte zo'n hoog percentage aan alcohol dat Churchill ernstige problemen kreeg, waaronder zijn familie ook moest lijden. Het trillen van zijn handen werd zo sterk dat hij geen glas meer kon vasthouden. Zo kon het niet verder gaan en een ontwenningskuur was onafwendbaar. Hij slaagde erin om het vol te houden, zoals hij rapporteerde aan zijn geliefde Clementine. Hij schrijft: "Ik heb weer een vaste hand, de bevingen zijn volledig verdwenen. Ik heb de afgelopen drie dagen 144 zangvogels kunnen schieten." Clementine reageerde met vreugde. Haar brief is te zien in het museum. "Je briefje heeft me meer vreugde bezorgd dan de mooiste liefdesbrief."

Opstand van de Armeniërs

De kennismaking met cognac kwam tot stand doordat Churchill lange tijd in Armenië verbleef. Engeland had in het geheim verschillende posten opgezet en uitgerust om de sultan tegen te werken. Ze werden betaald door de Engelse regering. Poetin zou ze vandaag classificeren als agenten. Een geplande oorlog tegen het Ottomaanse Rijk zou moeten worden voorbereid door de regering te verzwakken. Met dit doel zochten de Britten de medewerking van de Armeense kerk, die de oppositie tegen de moslim-sultan ideologisch moest ondersteunen.

Ze trainden ook sluipschutters en boden logistieke ondersteuning. Meer dan tien hoge regeringsfunctionarissen werden vermoord met de hulp van de Engelsen. Zelfs een moordaanslag op de sultan zou het resultaat zijn van een Engels initiatief.

Genocide

Toen de oorlog al begonnen was en er een Armeense opstand plaatsvond, wist de regering in Istanboel niet meer wat ze moest doen. Ze vreesde ook een samenwerking met de Armeniërs aan Russische kant en geloofden dat de enige uitweg de Armeniërs te 'verplaatsen' was. Inmiddels is duidelijk geworden tot welke catastrofe de gedwongen verplaatsing heeft geleid. Over de opruiing door de Britten wordt over het algemeen gezwegen als een graf.

Dat Erdoğan niet accepteert dat het Turkse volk als enige verantwoordelijke voor deze ramp worden aangewezen, valt volkomen te begrijpen.

Lege champagneflessen

Deze flessen doen denken aan zijn hechte vriendschap met Jinnah. Hij verliet India en woonde vele jaren in Londen. Als moslim werd verondersteld dat hij geen alcohol zou drinken. Als voorstander van een geseculariseerde islam bestond voor hem echter geen alcoholverbod. Churchill zag in hem een bondgenoot tegen Mahatma Gandhi, die de heerschappij van Engeland over India bedreigde. Jinnah had het zo naar zijn zin in Engeland, dat hij er niet eens over nadacht om terug te gaan. Dat was tot Churchill hem aanspoorde om eindelijk de strijd tegen Gandhi aan te gaan. Met 100 getrainde strijders en 100 miljoen dollar werd hij naar India gestuurd.

Grondlegger

Deze 100 jagers zouden op hun beurt weer 100 nieuwe jagers moeten opleiden. Hiervoor werd 100 miljoen dollar voorzien en moesten ze zichzelf klaarstomen om Gandhi aan te vallen. Jinnah heeft daadwerkelijk bereikt dat de moslims zich afsplitsten van de hindoes. Hoewel dit leidde tot een miljoen doden en 13 miljoen verdreven vluchtelingen, werden ook twee nieuwe staten opgericht: India en Pakistan (Pakistan was aanvankelijk nog steeds verdeeld in Oost en West). Jinnah wordt beschouwd als de grondlegger van Pakistan. Zijn indrukwekkende mausoleum is te bewonderen in Karachi.

De moord op Gandhi

Bij het afscheid had Churchill zijn vriend nog het volgende meegegeven: "Voor de moord op Gandhi moet je een hindoe kiezen, in geen geval een moslim. Je zou jezelf onmiddellijk verdacht maken." De raad werd gevolgd en Churchill mocht in 1947 dan ook onder grote genoegdoening vernemen dat Gandhi in 1947 vermoord was. De feesten met vloeiende champagne hadden hun vruchten afgeworpen.

Jinnah steunde Engeland door hem van soldaten te voorzien tijdens de Tweede Wereldoorlog. Een jaar na de moord op Gandhi stierf Jinnah. Tegenwoordig is Pakistan niet langer de vanzelfsprekende bondgenoot van Engeland en Amerika. De plannen van Churchill hebben uiteindelijk niets opgeleverd.

Wat overblijft is de vijandigheid tussen India en Pakistan en de hindoes en de moslims, die eeuwenlang zonder problemen en vreedzaam met elkaar hadden samengeleefd.

Karikaturen (3.7)

Pitbull en tijger

In het museum hangen ook erg mooie karikaturen van Churchill als pitbull en van zijn vriend Clemenceau als tijger. De twee hielden er een levenslange vriendschap op na waren nar verluidt erg trots op hun verwijzing naar een stierenbijter en een roofkat.

Weekeinde

Clemenceau kwam tijdens het weekeinde graag over uit Parijs om zijn vriend Churchill in zijn privéwoning in Chartwell te bezoeken. Daar fantaseerden ze tijdens hun drinkpartijen over hoe ze de Duitse kolonies in Afrika konden verdelen, hoewel in die tijd de oorlog nog niet eens was uitgebroken.

Churchill wilde Duits Oost-Afrika, zodat er zich van Caïro tot Kaapstad geen enclaves meer bevonden tussen de Engelse kolonies. Clemenceau wilde Kameroen en Ghana, zodat het Franse koloniale gebied in het westen van Afrika een geheel vormde.

Bagdad en Damascus

Omdat ze er allebei zeker van waren dat ze het Ottomaanse rijk mee in een oorlog zouden kunnen trekken zodra de oorlog zou uitbreken, verdeelden ze meteen de rest van het Ottomaanse rijk. Engeland had Egypte al veroverd en Frankrijk had Algerije en Tunesië al aan zich gebonden.

Churchill eiste voor Engeland het vruchtbare Mesopotamië, nu bekend als Irak, op en de legendarische hoofdstad Bagdad, waar de Duitse keizer tot zijn grote ergernis de Bagdad-spoorweg had gebouwd.

Clemenceau wilde voor Frankrijk de prachtige stad Damascus hebben, waar de Duitse keizer, tot grote verontwaardiging van Clemenceau, zijn beroemde toast op de moslims had gegeven. Het omliggende Syrië mocht er tenslotte ook nog bij.

Mosoel

Bij het bepalen van de grens moest rekening worden gehouden met het feit dat de rijke olievelden rond Mosoel nog steeds aan Engeland toebehoorden. Daarom werd besloten het nederzettingsgebied van de Koerden te verdelen door een kunstmatige grens, die sindsdien heeft geleid tot rampzalige spanningen en conflicten.

Jeruzalem

Churchill wilde natuurlijk ook het Heilige Land voor zichzelf hebben. In Palestina wilde zijn vriend Baruch de Joodse staat volgens het model van Herzel oprichten. Deze fantasieën, ontstaan in een roes van wijn, werden werkelijkheid. In strijd met de belofte die Balfour namens Churchill aan de Amerikanen deed, namelijk dat de Joden in Palestina hun staat mochten oprichten, raakten ze nu verwikkeld in een wereldoorlog. Drie dagen later doken de eerste oorlogsschepen al op aan de Palestijnse kust om het land te veroveren. Balfour had het de Joden beloofd, nog voordat de Engelsen het hadden veroverd.

Libanon

Omdat Engeland nu het felbegeerde Palestina kreeg, moesten Libanon en Beiroet aan de Fransen worden toegekend.

De zuipfestijnen in Chartwell waren dus allesbehalve zinloze avonden vol gelal geweest, ze waren goed voor het schrijven van een stuk wereldgeschiedenis.

Bedrog

Bij deze gelegenheid hebben zowel de pitbull als de tijger een van hun belangrijkste bondgenoten schaamteloos bedrogen: de Arabische koning Feysal. De grootse en bijzonder begaafde archeoloog, Lawrence van Arabië had het vertrouwen van deze heerser gewonnen. De basis van zijn macht lag in het bezit van de heilige steden Mekka en Medina. Lawrence moest hem overtuigen om een opstand van de Arabieren tegen de sultan in Istanboel te ensceneren. Als beloning werd hem beloofd dat hij de heerser van een verenigd Arabische koninkrijk zou worden, met als centra Damascus, Bagdad, Beiroet, Jeruzalem, Amman en ten zuiden van Mekka heel Jemen. Churchill gaf

Lawrence de vrije hand om de financiering te bepalen. Feysal eiste 350.000 pond per maand om het gevecht aan de gang te houden. Dat was meer dan 2 jaar. Een andere gemeenheid kwam tot stand door Churchill's en Clemenceau's angst dat Feysal opstandig zou worden als hij zou beseffen dat hij al vanaf het begin voor de gek was gehouden. Daarom besloten ze Ibn Saud op te stoken het centrale land van Feysal en de vestingstad Riyad, maar ook Mekka en Medina aan te vallen, zolang Feysal zijn vechters in de opstand tegen de sultan in het noorden had. Lawrence van Arabië was met zekerheid niet op de hoogte van dit bedrog.

Een menselijk varken

Een andere, heerlijke karikatuur werd door Churchill zelf geschilderd en is ook te zien in het museum. Hij schilderde zichzelf als een 'pig,' zoals zijn geliefde Clementine hem vaak liefkozend noemde. Churchill kon deze bijnaam zelf ook wel smaken. Hij vond dat varkens iets menselijks hadden. Honden zijn te onderdanig, katten te slinks. Varkens komen perfect overeen met ons mensen.

Schilderkunst (3.8)

Talent

Churchill had wel degelijk talent als schilder. In een diavoorstelling kunnen al zijn werken worden bekeken. Het zijn voornamelijk landschappen in Zuid-Frankrijk. Churchill koesterde een liefde voor bomen, met name dennen. "Bomen klagen niet als ik de perfectie niet bereik, wat vaak wel het geval is bij mensen."

Portretten

Churchill had ook zijn zinnen gezet op portretten, die hij waarheidsgetrouw wilde schilderen. Hij werd schijnbaar zo goed dat het hem zelfs de titel 'Master of Arts' van de *Academy of Art* heeft opgeleverd.

Therapie

Schilderen werkten tijdens zijn depressies vaak als therapie. Zelf zei hij dat hij in het hiernamaals eerst 10 miljoen jaar lang moest schilderen om te herstellen van de stress van het leven. "It's all so boring" – het is allemaal zo pijnlijk saai. Zo vatte hij zijn leven aan het eind van zijn dagen samen.

Vergelijking

Zoals wel bekend is, schilderde Hitler ook en het is verbazingwekkend dat de twee een vergelijkbare stijl hadden. Hun kleurschakeringen zijn nagenoeg hetzelfde en de stijl zou post-impressionistisch kunnen worden genoemd. Bij Hitler domineren echter vaak architectonische structuren. Churchill verkneukelde zich in de vergelijkingen met zijn rivaal. Zo bracht een van zijn schilderijen op de veiling 60.000 pond op, terwijl de maximumprijs voor een werk van Hitler slechts 40.000 pond bedroeg.

Uitspraken (3.9)

Verzameling

De uitspraken van Churchill zijn beroemd. Zijn bon mots kunnen als verzameling worden nagelezen en zijn zo bekend dat bijna iedereen ze herkent. Bijvoorbeeld: "Ik gebruik in mijn argumenten alleen statistieken die ik zelf heb vervalst," of "contracten zijn gemaakt om te breken."

"Als twee mensen dezelfde visie hebben, is er één overbodig."

"Wanneer een roker leest over het gevaar van roken voor zijn gezondheid, stopt hij meestal – met lezen."

"De grootste fout in een democratie is dat er verkiezingen zijn."

"Het is voordelig om fouten, waarvan men leert, heel vroeg te maken."

"Amerikanen doen altijd het juiste na al het andere dat ze verkeerd hebben gedaan."

Grappig is ook zijn antwoord op de uitnodiging voor het feest van de wereldondergang in het Savoy Hotel: "Natuurlijk kom ik. Ik wil de wereldondergang voor geen goud missen, maar moet eerst nog naar de tandarts. Ik wil niet ten onder gaan met een gapend gat in mijn mond."

Het einde van de wereld wordt praktisch elk jaar 2 tot 3 keer voorspeld. In 1946 ging het inderdaad de wereld rond.

Tanden

Churchill had zeer slechte tanden en moest al vroeg een beugel dragen. De ontbrekende tanden waren verbonden met gouden draden. Als de kamerbediende echter vergat het gebit klaar te leggen, kon het gebeuren dat hij zonder gebit naar het parlement ging. De voorstelling dat een foto van hem met tandopeningen de wereld zou rondgaan, vervulde hem met angst. Dat zou een ramp zijn. Bijna net zo erg als de pers, die bijvoorbeeld een foto van een in haar neus peuterende koningin zou kunnen maken. Hij durfde bij fotosessies zijn mond niet te openen, niet te glimlachen, niet te salueren, en bleef dus met een verbeten en grimmig gezicht staan. Achteraf verontschuldigde hij zich en legde hij de reden uit.

Spraakgebrek

Churchill stotterde als kind. Het stotteren kreeg hij onder controle, maar bleef zitten met een klein spraakgebrek. Hij kon de 's' niet uitspreken, het was altijd een 'sh.' Het was typerend voor hem dat hij dacht dat het zijn toespraken een speciale charme gaf. Toen zijn tandarts een nieuw gebit moest maken, kreeg hij het advies om het gebit op zo'n manier te construeren dat deze afwijking behouden bleef.

Bij openbare staatsevenementen stond hij dicht bij de koningin en zong uit volle borst "God shave the Queen" (God scheer de Koningin) in het oor van Hare Majesteit.

Hij had een hekel aan de koningin omdat ze met een Duitser gehuwd was en dit was zijn zoete wraak.

Prins Philip

De prins vormde het struikelblok. Churchill verweet de jonge koningin dat het Engelse volk ontzettende opofferingen had gedaan om de Duitsers te vernietigen. En nu trouwt u, de toekomstige koningin, met een Duitser. Het is al erg genoeg dat er ook Duits bloed in uw aderen vloeit, maar dit huwelijk kunt u de natie niet aandoen.

Prins Philip kwam kalmerend tussen en zei: "Beste oom Winston, noem me gewoon een Viking. Dat is wat Frankyboy deed." Hij verwees naar de Amerikaanse Franklin Roosevelt. "Maar uw namen verraden u als Duitsers, uw moeder is een 'von Battenberg' en door haar komt u zelfs in aanmerking voor de troon van de Griekse koning."

"Dan vertalen we de naam voortaan met Mountbatten, net als mijn oom, de onderkoning van India."

"Maar hoe vertalen we de naam van uw vader? Zijn naam is Holstein-Sonderburg-Glücksburg."

"We maken er heel genereus Windsor van." Dat is immers ook de naam van de 'van Saksen-Coburg en Gotha's."

En door hem behoort u tot de troon van de Deense koning. Als deze opvolging zou plaatsvinden, dan zou de koning van dit kleine land de koningin van Engeland en de Indiase keizerin als vrouw hebben.

Ik doe afstand van mijn Deense troonsopvolging.

"Er is gewoon geen sprake van dat Elisabeth met een Duitser trouwt, en daarmee uit!"

Nu kwam Elisabeth tussenbeide.

"Oude man, met je mond zonder tanden, je kunt zeggen wat je wilt, ik zal met hem trouwen."

"Maar je kunt erop rekenen dat ik er tot het einde van mijn dagen voor zal zorgen dat hij alleen maar slechte pers krijgt."

Elisabeth nu resoluut: "Je kan wat mij betreft de ... en ... krijgen."

Twijfel

Hier moest ik Houston toch onderbreken. In dit verhaal overdrijf je opnieuw. Ik acht het simpelweg onmogelijk dat een zin als "Je kan wat mij betreft de ... en ... krijgen," uit de mond van de koningin zou zijn gerold.

Platinahuwelijk

Onlangs vierde Elisabeth haar 70-jarig huwelijk met prins Philip.

Een geluk dat haar drie kinderen niet zullen kennen. Ze zijn alle drie gescheiden. Met name de scheiding van Charles en Diana was een tragische gebeurtenis geweest.

Gibraltar

Al sprekende over 'tanden' herinnerde Houston zich een verhaal dat Churchill ooit zelf in de Club had verteld. Hitler en Mussolini drongen samen met Franco door naar Hendaye aan de Frans-Spaanse grens. Het was aan het begin van de Tweede Wereldoorlog en Hitler stelde voor dat hij Gibraltar, toen bezet door de Britten, zou veroveren en het na de oorlog zou teruggeven aan Spanje. De Straat van Gibraltar was belangrijk om de toegang tot de Middellandse Zee te blokkeren. Op zich was dit een redelijk voorstel. Wat Hitler echter niet wist, was dat de Engelsen ook op de hoogte waren van dit plan. En aangezien Franco ook werd gefinancierd door Rothschild voor de betalingen van zijn leger en generaals, evenals de tegenpartij, de Communistische Internationale, had men zijn generaals elk twee miljoen dollar gegeven, indien ze zouden weigeren om akkoord te gaan met dit plan.

Harde onderhandelingen

Franco kon niet accepteren dat zijn generaals gehoorzaamheid weigerden, waardoor er geen akkoord kwam. De onderhandelingen waren echter zo zwaar dat Hitler achteraf zei dat hij liever elke tand afzonderlijk zou hebben laten trekken dan opnieuw met Franco te onderhandelen.

Onderhandelingsfoto

Er verscheen een foto van de onderhandelingen van de drie onderhandelingspartners, Hitler, Franco en Mussolini in de krant. Deze laat zien dat de onderhandelingen ook Franco behoorlijk door elkaar hadden geschud. Hij zag er zo wanhopig uit op de foto dat de journalist de originele foto niet durfde te publiceren. Hij besloot een andere foto van Franco over diens neergeslagen gezicht te kleven maar deed het zo onhandig, dat iedereen het meteen in de gaten had bij het lezen van de krant. De afbeelding werd het mikpunt van spot. De betreffende foto met het gekunstelde hoofd kan in het archief worden opgeroepen.

Authentiek?

Churchill genoot met volle teugen van het feit dat zijn uitspraken zo goed werden onthaald. Er circuleerden ook uitspraken die niet van hem waren, maar toch door hem werden gesmaakt. Hij nam deze vervolgens zelf over. 's Morgens vroeg hij zijn bediende vaak: "Heb ik gisteren nog iets grappigs gezegd?" waarop deze hem getrouw vertelde wat er zoal de ronde deed.

Aan de hemelpoort

Wat hij tegen Petrus zou hebben gezegd om in de hemel te komen, is beslist niet authentiek. Petrus vroeg hem of hij minstens één keer in zijn leven goed werk had verricht, afgezien van de oorlog en bommenregens.

"Natuurlijk. Ik heb miljoenen jonge vrouwen in vele landen geholpen om al heel vroeg een weduwepensioen te krijgen." Petrus was niet zo zeker of al deze vrouwen daar zo blij waren. Daarom wilde hij eerst de Centrale Raad van de Aartsengelen vragen of dit als een goede daad kon worden beoordeeld.

"Kunt een goede daad voor de mannen aanhalen?"
"Vanzelfsprekend. Ik zorgde ervoor dat ze hun kunstgebit en glazen ogen helemaal gratis kregen."

"Dat ze niets hoefden te betalen, kan zeker als positief worden beoordeeld," antwoordde Petrus, waarna hij de goede Churchill rustig doorverwees naar het vagevuur.

De almachtige God

Churchill was een atheïst. Toen hem werd gevraagd of hij in God geloofde, antwoordde hij: "Ik ben nog niet aan hem voorgesteld. Maar als hij me echt zou ontmoeten en naar mijn lijstje met zonden vraagt, valt hij onmiddellijk dood als hij hoort hoeveel verborgen lijken ik in de kast heb zitten." "En hoe zit het met het geloof in Satan?" "Hoef ik niet in te geloven, ik krijg dagelijks met hem te maken."

Levenslijn (3.10)

90 jaar vermenigvuldigd met 365 dagen

Er is een 15 meter lang paneel, de "levenslijn," met touchscreen-toegang tot de digitale archiefkast, waarin alles is opgeslagen wat op een zekere dag over Churchill kan worden gevonden. Er is geen enkele dag zonder notities. Het is het meest nauwkeurige curriculum van een mens. Aantekeningen voor elke dag van zijn leven, vanaf de geboorte tot aan zijn dood. Er is nooit voldoende tijd om alles te doorbladeren. Het zou maanden duren. Ik wil slechts een paar gebeurtenissen uitkiezen.

Houston vertelde me dat hij thuis al een geschreven verslag hadden liggen: 'Churchills Vertellingen.' Dit zijn verhalen die Churchill 's avonds zelf in zijn club vertelde. De verzameling wilde hij me zo snel mogelijk laten lezen.

Journalist

Sommige van deze verhalen zijn ook terug te vinden in de geschriften van Churchill, die hij op zijn vele reizen als journalist opschreef. Op zijn reis van Caïro tot Kaapstad had hij de mogelijkheid om deel te nemen aan de Slag bij Omdurman. Het gedrukte werk heet 'river war' en bericht over de opstand aan de Boven-Nijl tegen de Engelse koloniale overheersing.

Laatste cavalerieslag

60.000 ruiters en bereden kamelen stonden tegenover de aanvallende Engelsen. Ze wilden koste wat kost hun onafhankelijkheid behouden, bevochten voor hun door de grote Mahdi. Maar hun heldenmoed, die ze met sabels wilden verdedigen, hielp niet tegen de moderne vuurwapens van de Engelsen. Ze werden, samen met hun paarden en kamelen, met de grond gelijk gemaakt. Churchill schreef dat "bijna niemand minder welkom was dan wij."

Mausoleum

Het mausoleum van hun grote bevrijder, Mahdi, was een pelgrimsoord geworden. Hij werd als een heilige vereerd. De oorlogvoerende generaal Kitchener heeft zijn lichaamsresten opgegraven. De beenderen werden vermalen en verspreid in de Nijl. De schedel werd gebruikt als asbak tijdens de overwinningsviering, waarbij Churchill er niets beter op vond dan er zijn sigaar in uit te drukken.

Protest

Het voor de hand liggende protest was niet alleen overweldigend in het land zelf, maar in de hele wereld. Churchill moest toegeven dat het niet verstandig was om de gevoelens van de lokale bevolking zo te schofferen. Het had ook geen enkel voordeel met zich meegebracht.

Begrafenis

De Engelse regering beval dat minstens de overgebleven schedel opnieuw zou worden begraven. In een plechtige processiestoet en onder het wakend oog van de gehele bevolking, werd de 'asbak' ceremonieel begraven.

Boerenoorlog (3.11)

Kaapstad

Deze stad was het eindpunt van de doorkruising van Afrika. Daar bevond zich ook Cecil Rhodes, die een paar maanden eerder Zuid- en Noord-Rhodesië veroverde. Vandaag worden deze landen Zimbabwe genoemd. Niets mag herinneren aan de gehate veroveraar Rhodes. Hij wist dat er grote goud- en diamantvondsten in Zuid-Afrika hadden plaatsgevonden. De exploitatie van de mijnen moesten zijn enorme gestolen rijkdommen nog verder uitbreiden.

Boeren

Dat de Boeren zich in Zuid-Afrika hadden gevestigd was een probleem. De Nederlanders zagen Zuid-Afrika niet als een kolonie, maar als een nederzettingsgebied en een land dat ze zelf wilden bewerken. Vergelijkbaar met de pelgrimsvaders in de Noord-Amerikaanse staten. Ze wilden niets horen over een vreemde macht, die hun goudmijnen wilde exploiteren.

Discriminatie

De Britten zagen dit als discriminatie tegenover buitenlanders en beschuldigden de Boeren ervan de mensenrechten te schenden. Ze stuurden een leger om in Zuid-Afrika menswaardige verhoudingen af te dwingen. Dat het feitelijk alleen maar ging over de exploitatie van de mijnen onder leiding van de Engelsen, werd opzettelijk geheimgehouden.

450.000 soldaten

Zoveel soldaten stuurde koningin Victoria om het verzet van de Boeren te onderdrukken. De Engelse Kroon zou 20% van de winst moeten ontvangen. De oorlog tegen de Boeren was nieuw in zover dat er tegen beschaafde Europeanen werd gevochten, en niet tegen de 'minderwaardige en onbeschaafde negers.'

Partizanen

Er stonden amper 30.000 Boeren tegenover deze gigantische strijdkracht, waardoor ze een open gevecht nooit hadden kunnen winnen. Daarom verstopten ze zich overdag en voerden 's nachts hun moordaanslagen en aanvallen op de spoorlijnen uit. Door deze tactiek werd het gevecht van de Engelsen uitzichtloos.

Concentratiekamp

Pas toen Cecil Rhodes met het idee op de proppen kwam om hun vrouwen en kinderen in concentratiekampen te verzamelen, waar ze zonder voedsel of water zouden worden opgesloten en binnen drie à vier weken zouden omkomen, werd de ondergrondse opstand van de Boeren neergeslagen. Als hun vrouwen en kinderen zouden sterven, zagen ze de zin van een gevecht niet meer in.

Nieuwe tactiek

Churchill ontdekte een nieuwe tactiek voor zijn latere oorlogen: "Het is belangrijk om vrouwen en kinderen om te brengen, want zo verliezen de mannen hun moraal." Hij gebruikte deze tactiek ook tijdens het bombarderen van Duitse steden. De mannen zaten tenslotte aan het front en in de steden woonden bijna alleen vrouwen, kinderen en ouderen.

Dit vormde dus het ideale startpunt om de moraal van mannen te ondermijnen. Churchill noemde deze bombardementen dan ook 'moral bombings.'

De betekenis van de vrouw (3.12)

Een tweede groot voordeel van deze nieuwe tactiek: als een volk moet worden uitgeroeid, is het veel effectiever om de vrouwen te doden. Een eenvoudig voorbeeld laat zien dat als duizend vrouwen overleven en maar drie of vier mannen, het geboortecijfer veel hoger ligt dan andersom het geval zou zijn. Als duizend mannen en maar drie of vier vrouwen overblijven, kunnen de mannen zoveel moeite doen als ze willen, maar meer dan drie kinderen zullen ze niet voortbrengen. In tien jaar zouden het er dan dertig zijn.

Het voorbeeld laat zien hoe vervangbaar mannen zijn en Churchill hoopte, met zijn typische Britse humor, dat hij door deze ode aan de vrouw, de eeuwige erevoorzitter van alle vrouwengemeenschappen zou worden.

Experiment

Als wetenschappelijk bewijs voor deze thesis werd het experiment met mannelijke en vrouwelijke ratten herhaald, waarna de thesis werd bevestigd.

Er zijn echter gerenommeerde wetenschappers, die twijfelen aan dit experiment. Het seksuele gedrag van ratten is niet noodzakelijk vergelijkbaar met dat van mensen. Het is niet echt eenvoudig om dit experiment met mensen te herhalen. Het zou minstens tien jaar duren en het is twijfelachtig of er genoeg vrijwilligers zouden akkoord gaan om deel te nemen aan het experiment.

Vénus Hottentot

Er is bewijs van Moeder Natuur zelf dat de overlevingskansen van vrouwen voor haar belangrijker zijn dan die van mannen. De levensbedreigende Kalahari woestijn, waar de Hottentotten leven, is zo ruw dat de bevolking er vaak maandenlang geen eten vindt. Er heeft een mutatie plaatsgevonden, die alleen bij vrouwen voorkomt, waardoor ze maximaal zes maanden zonder voeding kunnen overleven. De natuur heeft hen een vetophoping aan de billen gegeven om zich te kunnen voeden. Het is vergelijkbaar met de bult van kamelen en dromedarissen, die dezelfde functie heeft. Als hun opgeslagen vet is verbruikt, hangt de bult slap naar beneden.

Saartjie Baartman

De 'Vénus Hottentotte' Saartjie Baartman werd bekend. Ze toonde haar 'vetophoping' in ruil voor geld. In het 'Musée de l'homme' in Parijs wordt ze levensgroot tentoongesteld in gips. De Engelsen hebben de levende Baartman naar Engeland gebracht en in Londen werd dit 'natuurwonder' dan ook enthousiast onthaald.

Toekomstplannen

Nu heel Afrika veroverd was, had het Britse imperialisme geen verder doel meer. Maar Churchill had het idee dat de Ottomaanse sultan nog niet al zijn gebieden had afgestaan. Het nabije oosten viel immers nog te veroveren. Het vruchtbare Mesopotamië was volgens Churchill veel te waardevol om te worden bewoond door onbeschaafde stammen. Alleen de uitermate geciviliseerde Engelsen zouden deze kolonie in bezit mogen nemen. In die tijd begon men ook de schepen aan te drijven met olie in plaats van kolen. De rijke olievelden in Basra moesten dus ook in Engels bezit komen.

Een van de meest getalenteerde archeologen, Lawrence van Arabië, werd geselecteerd om zich voor te bereiden op deze verovering.

Houston zei: "Ik zal je dit verhaal op een ander moment gedetailleerder vertellen."

blow up (3.13)

Voor een ander, kleinere vertelling trokken we het archief open. Het vertelt over de 'blow up' in 'Sydney Street.' Churchill was toen minister van Binnenlandse Zaken en zijn ministerie bevond zich niet ver van 'Sydney Street.' Toen hij daar schoten hoorde, rende hij meteen naar de plek waar ze vandaan kwamen. Als er werd geschoten, was Churchill niet te stoppen en moest en zou hij meedoen.

Mauserpistool

Voor zijn 18de verjaardag had zijn moeder hem een 'Mauserpistool' gegeven. Een zinvol geschenk voor een jonge man. Wat zou het fijn zijn geweest mocht dit gebruik zich ook bij Duitse moeders hebben doorgezet. Churchill had het pistool altijd bij zich, zijn hele leven lang. Hij had zoveel herinneringen aan de vijanden die hij ermee had neergeschoten, dat hij zijn pistool niet wilde vervangen – zelfs niet toen er een verbeterde versie op de markt kwam.

Het originele exemplaar is een cultwapen geworden en kan nu bij verschillende wapenfabrieken worden gekocht aan een prijs van 99 tot 300 dollar.

Sydney Street

In deze straat waren twee inbrekers met pistolen een juwelierszaak binnengegaan en toen het pand door de politie was omsingeld, schoten ze naar mensen op de straat. Churchill schoot ijverig terug en de twee criminelen beseften dat ze geen schijn van kans maakten om te ontsnappen. Daarop staken ze de boel in brand en hoopten in de chaos alsnog te kunnen ontsnappen. Churchill, die toen minister van Binnenlandse Zaken was, verbood de brandweer het huis te blussen en liet het tot op de grond afbranden. Toen men het puin betrad, vonden ze de twee indringers ineengedoken in de kelder. Ze waren volledig verkoold.

Vuurruiters

Kent iemand het gedicht van Mörike? Zijn vuurruiter leunde op zijn paard tegen de muur, tot men hem aanraakte. Dan gaat het van "o jee, hij verging in as." Het was net hetzelfde met deze twee, toen Churchill het bevel gaf om hen naar het griezelkabinet te brengen, als waarschuwing dat men geen huizen in brand mocht steken, voordat men zelf het huis had verlaten. Ze werden gereduceerd tot een hoopje as. Er zat niets anders meer op dan de twee bandieten samen te vegen met de bezem.

Kritiek

De rol die Churchill in deze actie als minister van Binnenlandse Zaken had gespeeld, werd zwaar bekritiseerd.

Om te beginnen schoot men zomaar wild in het rond, en een brand moest beslist worden geblust. Criminelen kon men tenslotte niet zomaar laten opbranden.

Churchill wuifde het weg als laster en beweerde helemaal niets af te weten van deze overval.

Omdat er in die tijd echter al fotocamera's bestonden en Churchill werd herkend op een persfoto, draaide hij het verhaal om en zei: "Het is toch vanzelfsprekend dat een minister van Binnenlandse Zaken bij dit soort terrorisme aan het front moet staan."

Code rood wordt opgeheven

De zogenaamde terroristische aanval maakte al snel plaats voor algehele geruststelling. De twee criminelen bleken uiteindelijk normale boeven te zijn. De grote commotie was dus nergens voor nodig geweest.

Minister van Financiën (3.13)

Boomende economie

De Engelse economie raakte in 1926 in een enorme stroomversnelling, waardoor ondernemers grote winsten maakten. Ze hadden zoveel eigen vermogen dat ze niet langer moesten lenen om hun grondstoffen en werknemers te betalen. De banken moesten dit geld vooraf verstrekken, en kregen het pas terug nadat de afgewerkte producten waren verkocht. Tot grote ergernis van de banken, want deze leefden van schuldenrenten. Er was dus een Minister van Financiën nodig, die de economie moest verknoeien, zodat de banken weer nodig zouden zijn.

Partijwissel

Het was moeilijk om een serieus persoon te vinden, die deze taak op zich wilde nemen. Voor Churchill bleek het echter geen enkel probleem. De moeilijkheid was eerder dat de conservatieven het voor het zeggen hadden in de regering waren en dat hij was overgestapt naar de Labour Party. Maar ook dat probleem kan worden opgelost. Churchill sloot zich gewoon weer aan bij de conservatieven. Hij formuleerde het als volgt: "Er is een sterk karakter nodig om van partij te veranderen, maar om dat twee keer te doen, is er een leider nodig zoals ik."

Deflatie

Het bleek voor de politiek overigens een fluitje van een cent om de economie te ruïneren. Churchill had maar een half jaar nodig. Hij keerde terug naar de gouden standaard. De meeste banken konden gewoon geen geld meer uitgeven, en bedrijven met de beste opdrachten konden hun goederen niet langer produceren en hun arbeiders dus niet meer betalen. Hun ondernemingen konden vaak door de banken worden gekocht voor het symbolische bedrag van één pond. De bedrijven weer op gang te krijgen bleek alleszins niet zo eenvoudig. Noch de banken, noch de politiek bleken hiertoe in staat en de ondernemers waren het zat.

Algemene staking

Het kwam zelfs tot een algemene staking, die de situatie in het land catastrofaal maakte. Zelfs Churchill was aan het einde van zijn Latijn. De enige manier om de stakers de mond te snoeren, was die van Napoleon: "Als er twaalf doden vallen, is het een ramp, wanneer tienduizenden neergehaald worden, keert de rust vanzelf terug."

Dit voorstel kwam niet in aanmerking. Hij overwon uiteindelijk ook deze crisis met een treffende uitspraak: "Ze zeggen dat ik de slechtste Minister van Financiën ben geweest die Engeland ooit heeft gekend, en ik moet toegeven dat men gelijk heeft."

In the desert

Churchill had deze depressie daadwerkelijk en volgens de orders veroorzaakt. De banken waren tevreden geweest, maar vanaf dan durfde niemand hem nog een openbare functie te geven. Hij noemt deze periode zijn jaren in de woestijn. Dat was niet helemaal waar. Hij was nog steeds de grijze eminentie omdat hij de vertegenwoordiger van de grootste financiële spelers bleef.

Wall Street

Zijn faam drong door tot Wall Street in New York. Toen Herbert Hoover, die door de banken werd gehaat, in 1928 tot president werd verkozen, haalden ze Churchill naar New York. Hij zou hen moeten helpen een grote depressie te veroorzaken om president Hoover in de ogen van het volk te ruïneren en zijn beloften van welvaart onrealiseerbaar te maken.

Zwarte donderdag

Dit project slaagde al na drie maanden. Alle bankeigenaren kwamen bij elkaar en bespraken hoe ze een bankencrash het best in banen konden leiden. Op de vraag wat Churchill hiermee te maken had, antwoordde hij: "Ik wilde een beetje ontspannen in New York." De procedure werd uitgewerkt als volgt: de banken beslisten onder elkaar welke banken bankroet zouden gaan en welke banken het goede geld moesten bewaren. Wanneer een bank failliet gaat, betekent dit alleen dat spaarders hun spaargelden en waardepapieren verliezen. Voor de banken zelf was er geen gevolg omdat ze maar voor 5% van het bedrag verantwoordelijk waren. De goudreserves werden massaal naar de kelders van Rockefeller en Rothschild versleept en het goede geld werd naar een bank overgemaakt die alleen bekend was onder insiders. Om de zaak legaal te maken kregen de banken die deze gelden hadden overgemaakt effecten voor hetzelfde bedrag. Deze papieren waren volkomen waardeloos. Het waren zogenaamde papieren met hoge risico's of valse obligaties, die kunstmatig werden geconstrueerd om te frauderen.

Baruch

Deze man kennen we al. Hij was de geheime president van de Verenigde Staten in de periode van de Eerste tot de Tweede Wereldoorlog. Hij werd vaak gevraagd om zich kandidaat te stellen, maar hij zei: "Waarom? Ik regel alles zonder dat ik het publiek onder ogen hoef te komen. Daarnaast hoef ik me niet bezighouden met herverkiezingen en er is geen hond die me kan bekritiseren." Hij speelde een cruciale rol in deze bankencrisis. Hij had natuurlijk niet alleen zijn eigen fortuin en dat van zijn vriend Churchill gered, hij had het ook nog eens vermenigvuldigd. Hoewel de meerderheid een volledig vermogen verloor, was het voor insiders gemakkelijk om bedrijven, huizen, enz. aan redelijke prijzen te kopen. George Untermeier, die de Washington Post bijvoorbeeld voor vijf miljoen had willen kopen maar het niet voor die prijs kreeg, kon de krant op een gedwongen veiling voor slechts 800.000 op de kop tikken. Kennedy, de vader van de beroemde president Kennedy en een bekende insider, had een vermogen dat vóór de depressie werd geschat op twee miljoen. Twee jaar later was zijn vermogen uitgegroeid tot honderd miljoen. Alle anderen konden zich eveneens verheugen op vergelijkbare verhogingen.

Autobiografie

Churchill schrijft: "Ik deed een wandelingetje op Wall Street en was verbaasd over de commotie. Er sprongen mannen uit het raam, anderen schreeuwden als gekken. Een journalist wilde zijn auto zelfs verkopen voor honderd dollar omdat de banken waren gestopt met het uitbetalen van geld." Churchill deed alsof hij verrast was, maar in zijn binnenste was hij opgetogen dat de bankencrash zo succesvol was.

Zwarte vrijdag

De crash gebeurde op een donderdag in New York. De banken in Europa stortten de volgende dag helemaal in elkaar. Churchill wilde de reactie van zijn landgenoten in Londen peilen. Hij nam snel een vliegtuig terug en was erg trots op zijn Engelsen. In tegenstelling tot de Amerikanen, die moord en brand schreeuwden, trokken de Londenaren zich eervol terug in de achterkamers van hun huizen en schoten zichzelf door het hoofd, zoals het echte gentlemen betaamt.

Woodrow Wilson

Houston had nog zoveel te vertellen, in het bijzonder over de ontmoeting met Wilson in 1918. Hij was de president die Duitsland de oorlog verklaarde in 1916. Hij ondertekende ook de akte voor de oprichting van de FED (Federal Reserve Bank). Als zoon van een methodistisch prediker was hij ook geïnteresseerd in 'Westminster Central Hall,' het imposante hoofdkwartier van deze geloofsgemeenschap, die zich op een steenworp van de 'Treasury' bevindt.

Franklin Delano Roosevelt

Over hem wilde Houston ook nog een paar verhalen vertellen. Maar het was duidelijk dat het curriculum vitae van deze staatsman, die vier keer tot president was verkozen, niet zomaar met een bezoek aan de 'war rooms' uiteen kon worden gezet.

French House (3.14)

We waren behoorlijk moe en besloten om te genieten van een ontspannende avond in het 'French House', waar een uitstekende Franse keuken wordt geserveerd. We beperkten ons echter tot een eenvoudig diner zonder vlees en kozen voor een groentestoofpotje met heerlijk verse groenten, een Franse Ratatouille. Als begeleidende drank kozen we voor Chablis, een lichte witte wijn. Het French House kan je niet verlaten zonder van een Ricardo Permod, de uitzonderlijke anijsbrandewijn, te proeven. Men kan de geest van Generaal de Gaulle, die er in de oorlogsjaren had gewoond, haast aanraken. Zijn beroemde televisietoespraak 'We zijn niet alleen' schreef hij hier.

Georges Brassens

Heel discreet op de achtergrond was de muziek van een groot chansonnier te horen, die als geen ander de levensstijl van de naoorlogse generatie heeft beïnvloed. Hij was dé lieveling van de Parijse studenten. Men had dan ook echt genoeg gekregen van oorlogs- en marsmuziek. Toen we ons naar de uitgang begaven, klonk hij nog steeds in onze oren "la musique qui marche au pas, cela ne me regarde pas."

Dagboek

Op weg naar de metro bekende ik aan mijn vriend Houston dat ik al zijn verhalen had opgeschreven in de vorm van een dagboek. Dit was onze derde dag. De volgende dag zouden we elkaar ontmoeten bij de ingang van de Art Gallery en zelfs het 'British Museum' bezoeken.

Uitnodiging

Houston vertelde me dat hij een e-mail met een uitnodiging van Cynthia en Charles had ontvangen om ons uit te nodigen in hun huis op Eaton Square. Douglas zou er ook zijn en Cynthia had als avondthema 'La guerra parallela' gekozen. Het onderliggende verhaal hadden de vier beleefd tijdens een vakantie vergelijkbaar met die in Nice, maar deze keer in Napels, ten zuiden van de baai van Paestum, waar ze de zoon van een hoogstaand Zwarthemd ontmoetten.

Antonio

Deze Antonio verhuisde later naar Londen en baat nu een druk bezocht Italiaans restaurant uit. Als je rechtdoor gaat over de London Bridge, kom je er recht op uit: Padella. Hij biedt geen cateringdiensten aan, maar voor ons vrienden maakte hij graag een uitzondering. 'Pasta alla vongole' als voorgerecht, gevolgd door 'saltimbocca' en verschillende, heerlijk verse groene salades met uitgelezen olijfolie en wijnazijn, afgerond met een uitstekende Chianti. Als dessert wachtte ons een vers opgeklopte 'sabayon', zoals alleen de Italianen dat kunnen. Antonio geeft niet om uitgebreide versieringen, als het maar voortreffelijk smaakt. Hij staat voor gourmet sans chic, dus voor een gerecht voor fijnproevers, zonder veel toeters of bellen.

Dag vier (4)

Art Gallery (4.1)

Ik was er al vroeg en ging de indrukwekkende trap op naar de ingang. Er stond een grote geldkist van plexiglas. Deze was tot een kwart gevuld met munten, maar er zaten ook kleine en grote bankbiljetten in. In Engelse musea hoeft niet te worden betaald en bezoekers krijgen de mogelijkheid om een vrijwillige bijdrage te geven. Houston was er nog niet en ik nam de gelegenheid om het panorama van deze prachtige stad te aanschouwen. Aan de rechterkant pronkte de ontzagwekkend grote zuil van Admiraal Nelson, met vier enorme leeuwen aan de voet. Rechtdoor ging het naar Whitehall Street, met paleizen aan beide kanten van de straat. Ik genoot van het directe zicht op de Big Ben en het parlementsgebouw. In een kleine zijstraat aan de rechterkant lag Downing Street 10, dat echter gesloten is voor het publiek. Londen is niet alleen bijzonder als hoofdstad van een groot land. Het was ook het centrum van het grootste imperium ooit.

Dame Myra

Al snel zag ik Houston de trappen opkomen. Het eerste wat ik hem vroeg was: "Waar staat de vleugel van Lady Myra?" Deze begaafde pianiste was de favoriet van de Londenaren. Toen met de Duitse bombardementen aan het begin van de oorlog werd begonnen, zochten de Londenaren onderdak in hun schuilplaatsen. Ze troepten dan vaak samen in de metrostations omdat bescherming tegen luchtbombardementen niet was voorzien. Als gevolg daarvan durfde men ook niet langer concerten te geven, omdat in de korte tijd tussen alarm en aanval de grotere zalen niet tijdig konden worden geëvacueerd. Lady Myra kwam toen op het idee om de concerten simpelweg op openbare plaatsen te laten doorgaan. Omdat er onmogelijk sprake kon zijn van toegang tegen betaling, waren deze concerten gratis.

Robert Schumann

Vele collega's besloten hetzelfde te doen en haar idee werd erg positief onthaald. Zelf probeerde ze twee vliegen in een klap te slaan met haar concerten. Ze wilde de zwartmakerij van Duitsland door Churchill, die naar de Duitse bevolking verwees als Hunnen, doorbreken en de Londenaren een ander beeld geven van die barbaarse Duitsers. Ze speelde muziek van Schumann, die wordt beschouwd als de ultieme belichaming van de Duitse romantiek. Haar concerten waren een vreedzaam protest tegen de officiële politiek en de Londenaren luisterden met ontzag naar de droomachtige muziekstukken van Schumann, 'Carnaval', 'Papillon' en de 'Aufschwung.'

Vergelijking

Churchill was woedend en had haar het liefst van haar pianostoel geknald. Dat waagde hij echter niet want Lady Myra was joods en het risico om als antisemiet te worden bestempeld, kon Churchill missen als de pest. Hij wees erop dat hij erg goed wist dat de pianiste haar muziek gebruikte als protest tegen zijn anti-Duitse retoriek, maar dat — in tegenstelling tot het Duitsland van Hitler — de vrijheid van de kunst onder zijn regering gegarandeerd was.

Marquis Posa

Anders dan in het Schillertheater in Berlijn, waar markies Posa tijdens de uitvoering van 'Don Carlos' de koning vraagt: "Sire, geeft U ons toch vrijheid van denken!" Het moment waar het publiek in normale omstandigheden zou opveren en applaudisseren, werd door de SS nu onmiddellijk in de kiem gesmoord. Het publiek verroerde zich niet en staakte stilzwijgend het applaus.

Moed

Er is toch wel een behoorlijke dosis moed voor nodig: Een pianiste die, ondanks de luchtaanvallen op Londen, muziek speelt van de Duitse romantiek.

Weekjournaal

Tegelijkertijd toonde het Duitse weekjournaal foto's van bommen die bestemd waren voor Londen. De grootste bom werd "de bijzonder dikke sigaar voor Churchill" genoemd.

Schilderijen

We gingen naar binnen. Zelfs de architectuur in de vestibule is geweldig. De schilderijencollectie is zo overweldigend dat men vaak niet weet welke afbeelding eerst van dichtbij te bekijken. De 'Madonna in de Grot' van Leonardo da Vinci, de prachtige beelden van Turner, die van Constable enzovoort.

De twee ambassadeurs

Ik herinner me een leuke anekdote. Een kleine groep leerlingen van het eerste leerjaar kwam samen met de leraar kijken naar de afbeelding van Hans Holbein de Jonge, 'The Two Ambassadors.' We bleven staan bij de les en luisterden mee.

Lesuur

De kleine jongens en meisjes gingen voor de afbeelding op de grond zitten en de leraar stelde hen vragen. "Kijk eens, wat hebben de twee mannen aan?" De kleine vingertjes gingen vlijtig omhoog en ze vertelden de leraar hoe zij de kleren van de twee zagen. "Wat hebben ze op hun hoofd? Kijk eens naar haar schoenen. Wat ligt er op de grond? Wat zie je op de tafel en op het kleine bankje ervoor? Wat merk je op hun riem? Wat kun je over hun handen zeggen?" De kleine groep was zo geïnteresseerd en gedisciplineerd, ik was behoorlijk verrast. Toen deelde de leraar een blad en een tekenstift uit aan de kinderen en vroeg hen om een klein detail na te schilderen. Elk kind koos een ander detail, een ring om een vinger, een gesp op de schoen, een voorwerp op de tafel, ...

Daarna verzamelde de leraar de bladen en zei: "Op school zullen we elk blaadje bekijken en dan bespreken." De kinderen schuifelden rustig weg.

Jaloezie

Wat een voorrecht. Kinderen die al zo vroeg worden geïntroduceerd aan cultuur en op die manier de geschiedenis van hun land al snel leren kennen. Het geheim van de dode schedel, die verborgen zat in het schilderij, werd door de leraar niet uitgelegd aan de klas. Daarvoor waren ze nog te jong.

Holbein

Holbein is een van de grote schilderkunstenaars. Hij was afkomstig uit Bazel, waar hij Erasmus van Rotterdam, de beroemde humanist, en de auteur van 'Utopia', Thomas More, heeft geschilderd. Hij trok naar Londen en schilderde alle beroemde werken in de intieme kring van Henry VIII, Anna Boleyn en Jane Seymour, zijn derde vrouw, die het leven schonk aan zijn enige zoon. Ze stierf echter aan bevallingskoorts tijdens de geboorte.

Holbein stierf ook in Londen, helaas relatief jong. De Engelsen beschouwen hem, net als Händel, als een van hen.

Duitse schilderkunst

Het was een grote verrassing voor mij dat in de overvloed aan schilderijen van meesters over de hele wereld er geen enkele Duitse schilder opdook. Het is schijnbaar een resultaat van het beleid van de Engelsen, waarvan de officiële vertegenwoordigers van mening zijn dat 'Duitsland niet bestaat, er nooit zal zijn en er nooit is geweest.'

Dürer

De enige uitzondering is een zelfportret van Dürer, dat tijdens de Dertigjarige Oorlog werd gestolen uit de protestantse stad Neurenberg als oorlogsbuit, en naar Wenen werd gebracht door de katholieke troepen. Vandaar ging het naar Madrid, waarna het door Lodewijk XIV naar Parijs werd gebracht. Vanuit Parijs brachten de Britten het vervolgens naar Londen. Hermann Göring is misschien niet de enige kunstrover.

Pauze

We namen een kleine pauze en gaan zitten in het gezellige museumcafé voor een drankje. Zo'n museumbezoek is best vermoeiend. Daar vertelde Houston me dat we waren uitgenodigd voor een avond met Cynthia en Charles op Eaton Square. We zouden wat vroeger moeten verschijnen, want er zat een diner aan vast.

Uitgang

We bekeken nog een aantal schilderijen van Rembrandt, Frans Hals en Jan van Eyck. Daarna liepen we over Trafalgar Square en kozen voor een lunch in Jamie Oliver's 'Fifteen.'

Lunch (4.2)

Houston stelde voor om een van beroemde vissoepen van Jamie te proeven. In Engeland, dat omgeven is door de zee, is er echt geen tekort aan vis. Ik vond het een goed voorstel. Een van mijn favoriete gerechten is de Franse bouillabaisse en nu kon ik de Engelse variant leren kennen.

Dagboek

Terwijl we wachtten biechtte ik Houston op dat ik alles wat hij me tot nu toe en 's avonds bij onze vrienden had verteld, in dagboekvorm had vastgelegd. En ook dat ik het wilde publiceren omdat ik het heel interessant vond.

Titel

Ik was echter niet zeker van de titel. 'Londens Dagboek' is te algemeen. 'Merkwaardige verhalen uit Londen'? Sommige verhalen zijn gewoon doodnormaal. 'Incredible London Stories' klopt dan weer niet voor alle verhalen. 'Alternative Short Stories' verwijst naar het feit dat niet iedereen politiek correct is. En dat is te politiek.

Londense Decamerone

Deze titel overweeg ik ook. Hij is neutraal en verwijst alleen naar de formele opdeling. Het verhaal gaat dat tien jonge edellieden, zeven mannen en drie vrouwen, uit Florence waren gevlucht uit angst voor de pest. Ze kozen een landgoed buiten de stad. Om het wachten wat draaglijker te maken, moest iedereen een verhaal bedenken en de anderen vertellen. En elke dag. Dus tien dagen. Tien maal tien maakte dat er honderd verhalen samenkwamen.

Boccaccio

Boccaccio is de auteur. Hij was een priester en tijdens de biecht hoorde hij vele schandaalverhalen over overspel, diefstal en moord. Dat doet er niet toe in de Londense versie, hoewel het aantal schandaalverhalen in Engeland ook behoorlijk is.

De vierde dag

Vandaag hebben we dag vier. Er zijn dan ook maar vier, en geen tien vertellers. En niet iedereen vertelt hetzelfde verhaal. Jij – Tusitala – bent de hoofdverteller. Mijn rol is het transcript. Omdat ik de vrijheid neem om er opmerkingen doorheen te weven, kritiek te uiten en zelfs mijn eigen verhalen te vertellen, zou ik als de vijfde deelnemer kunnen worden beschouwd. Op deze manier hebben we minstens de helft van het nobele gezelschap uit Florence. En tien dagen halen we misschien ook nog.

Vissoep

De soep smaakte trouwens uitstekend. En de chef-kok, die bekend is van televisie, is ook een erg sympathieke kerel.

British Museum (4.3)

Het enorme glazen dak boven de binnenplaats is indrukwekkend. Het is het grootste overdekte plein in Europa. In het midden van het plein staat de koepelconstructie van de leeszaal. Rechts en links bevinden zich de ingangen naar de Egyptische afdeling en de Griekse collecties. Het mooiste uitzicht heeft men vanaf de galerij, tegenover de hoofdingang van de leeszaal. Ook hier is het bijzonder mooi om te zien hoe de vele klassen met leerlingen zich in bonte uniformkleuren van de ene verzameling naar de andere haasten. Deze signaalkleuren zijn nodig om kleintjes, die in de grote massa van stadsmensen hopeloos verdwaald zijn geraakt, terug te kunnen brengen naar hun eigen kleurengroep.

Egyptische mummies

Geen museum ter wereld kan zoveel mummies tonen. De rijkdom van de Egyptische schilderkunst is uniek. De marmeren figuren van het Parthenon in Athene en het Erechtheion werden volkomen illegaal naar hier gehaald. Griekenland eist ze terug en wil hen opnieuw in de historische tempels onderbrengen, waar Elgin ze had uitgebroken.

Cyruscilinder

De grote Perzische heerser had 1538 jaar voor Christus de mensenrechten hier voor het eerst in spijkerschrift laten ingraveren. Het is ook Cyrus die heeft toegestaan dat de Joden vanuit de Babylonische ballingschap konden terugkeren naar Jeruzalem en de tweede tempel konden bouwen.

Zijn graftombe overleefde de tand des tijds en kan in Iran, zoals het voormalige Perzië vandaag wordt genoemd, nog altijd worden bezichtigd. De reden voor het behoud zou ook zijn grootse reputatie kunnen zijn geweest, waardoor niemand onder de latere veroveraars zijn tombe wilde vernietigen.

Buckingham Palace (4.4)

Op weg naar het appartement van Cynthia passeerden we Buckingham Palace. Ze blijft tot de verbeelding spreken, de monumentale façade en de brede straat, die ernaartoe leidt, de 'Mall.' Er zijn altijd veel toeristen te vinden die komen kijken naar de wissel van de wacht. Het is misschien niet meer van onze tijd, maar als onbreekbare traditie is deze wissel een onmiskenbaar deel van het moderne Engeland.

Jeugdzonde

Toen Charles, lang geleden, zijn eerste camera kocht, hadden Cynthia en hij een grap uitgehaald. De wachtsoldaten in hun berenmutsen moeten zich precies volgens ceremonieel protocol gedragen. Cynthia wilde er eentje in de war brengen en Charles wilde het filmen. Ze wandelde dus tot bij een soldaat en kietelde aan zijn neus. De berenmuts bleef kaarsrecht en zonder te bewegen staan. Zelfs van een grimas geen spoor. Dat gebeuren alleen al te kunnen filmen, was een succes voor Charles als cameraman.

Nieuwe residentie van de koningin

Koningin Victoria werd geboren en groeide op in Kensington Palace tot haar kroning. Sindsdien is Buckingham Palace de residentie van de Royals in Londen. Als de vlag omhooggaat, betekent dit dat de koningin aanwezig is. Tijdens de Tweede Wereldoorlog werd Buckingham Palace zeven keer geraakt door Duitse vliegtuigen. Ooit botste zelfs een Britse onderscheppingsjager tegen een Duitse 'Dornier 17,' waarna ze beide crashten op binnenplaats van het paleis. Het gebeuren werd zelfs vastgelegd op een film, die kan worden bekeken in het Imperial War Museum.

Wraak?

Wilde Hitler wraak nemen op de koninklijke familie? Hij was natuurlijk op de hoogte van het feit dat de Duitsgezinde koning Edward VIII alleen werd afgezet omdat hij geen oorlog tegen Duitsland wilde voeren, terwijl zijn broer George VI in zijn eerste grote toespraak 'The King's Speech' liet verstaan dat hij voor een oorlog tegen Duitsland was.

Reactie van de Queen Mum

Ze zei: "Ik ben eigenlijk blij dat ook wij werden getroffen. Zo zien de mensen dat niet alleen zij door de oorlog worden getroffen, maar ook dat de koninklijke familie niet wordt gespaard." Bij de eerste aanslagen op East End, met name op de havens en woningen van de havenarbeiders, kwam de koningin naar de onheilsplaats om haar sympathie te tonen aan de slachtoffers. Ze werd echter uitgejouwd. De burgers wilden laten blijken dat ze de oorlog overbodig en onnodig vonden en dat ze het niet eens waren met de rechtvaardiging voor een aanval op Duitsland, zoals de koning het had uitgedrukt. Deze reactie had men in Duitsland al verwacht. In tijden van oorlog en onder krijgsrecht, hadden de protesten van de bevolking echter geen effect meer.

Verhuis

Men wilde de koninklijke familie beschermen en de leden werden nu naar 'Windsor Castle' verplaatst. De Queen Mum was echter terughoudend. Ze zei: "De prinsessen (Elisabeth en Margret) gaan niet weg zonder de koningin. De koningin vertrekt niet zonder de koning. De koning zelf vertrekt al zeker niet." Deze uitspraak bracht haar veel sympathie. Het werd gewaardeerd dat ze de gevaren wilde doorstaan, net zoals de bange burgers die Londen niet konden verlaten.

Onbegrijpelijk

Naast de smalspoorfilm van Wallis Simpsons, die laat zien hoe Edward zijn kleine 5-jarige nichtje de nazi-groet aanleert, dook ook een foto op van Edward VIII met zijn schoonzus en zijn broer met hun twee kleine dochtertjes. Deze werd twee jaar later genomen. Elisabeth is nu zeven jaar oud. De foto moest dus in 1935 genomen zijn, net voordat Edward gedurende elf maanden tot koning zou worden gekroond. Het plaatje toont

Elisabeth met omhoog geheven handje en – weinig opvallend – ook haar moeder toont de Hitlergroet.

Eaton Square (4.5)

Het appartement van Cynthia ligt niet ver van Buckingham Palace. We werden hartelijk begroet en voorgesteld aan Antonio, de chef-kok van het Italiaanse restaurant 'Padella,' die gelijk een kok en een ober had meegenomen om ons culinair te verzorgen. Douglas was er al en bracht zijn vriendin Lizzy mee. Hij had haar ontmoet tijdens een tournee door Amerika met een bekende band. Hij was de drummer en sprong in voor een ziek bandlid. In sommige nummers had Lizzy ook opgetreden als zangeres.

Bijna voltallig

Ons gezelschap voor de avond bestond uit negen personen, bijna hetzelfde als de ten edellieden uit Florence in de Decamerone. Een andere verrassing was dat Douglas zijn gitaar had meegenomen. Er moest dus gezongen worden en meer bepaald de oude Italiaanse liedjes, die ze hadden gezongen toen ze Antonio in Italië hadden ontmoet. Muzikale, culinaire jeugdherinneringen aan Italië, dus.

Battipaglia

Het klavertjevier had een jaar na hun vakantie in Nice zijn tenten in de baai van Salerno opgezet. In die tijd een volledig eenzaam strand, praktisch zonder toeristen. Daar hadden ze Antonio ontmoet, die dezelfde leeftijd had, en later naar Engeland kwam en daar een restaurant opende. Hij kwam uit Battipaglia, dat volledig werd vernietigd door de Amerikanen tijdens hun mars door Sicilië via Monte Cassino naar Rome. De kleine Antonio werd geëvacueerd naar Napels met zijn moeder, maar keerde later terug naar zijn oude geboorteplaats, waar hij werkte als visser.

Strategie

Voordat de Amerikaanse troepen oprukten maakten ze alles wat deze opmars in de weg stond met de grond gelijk. Door hun duidelijke overheersing in de lucht, konden ze de verliezen van hun eigen soldaten reduceren tot een minimum.

Tomatenvelden

Afgezien van de uitgestrekte tomatenvelden was er landinwaarts niets meer te zien dan brede zandstranden. De rugzakavonturiers hoefden dus al geen tomaten te kopen. De ranken met langwerpige romatomaatjes verspreidden zich over de grond en zaten zo vol met vruchtvlees, dat de boeren ze niet allemaal konden plukken. In de directe omgeving was er echter geen mogelijkheid om iets te kopen, waarna onze vrienden besloten om zich bij de vissers te voegen die uitvoeren op zee; Antonio was een van hen. Ze mochten met hen mee en de vissers gaven het groepje een hoop vis, die vervolgens op een open vuur werd gebakken. Ze waren zelfs ooit bij een 'mattanza' geweest. (Wie niet weet wat dat is, kan het ook googelen!)

Capri

In het westen, waar de zon ondergaat en bij Capri in de zee zinkt, zeilden ze uit op zee en stemde Douglas het eerste nummer. 'Wanneer de rode zon in de avond op Capri ondergaat, varen de vissers uit op zee ...' Antonio bleek goed te kunnen zingen en zelfs Lizzy deed mee. Een krachtig trio was geboren.

Sorrento

Omdat vis en tomaten alleen niet genoeg was, moesten de vier naar het niet al te verre Sorrento rijden. Een klein havenstadje waar de toeristen naar Capri kunnen oversteken en vervolgens de blauwe grot van Capri kunnen binnengaan. Daar zette Cynthia haar ezel weer op en verkocht haar portretten, Douglas speelde en zong. Ze verzamelden het geld voor de wijn, die onmisbaar was, en natuurlijk voor de druiven, het brood en de parmaham.

Carpaccio

Ondertussen had de chef-kok in de keuken alles vers voorbereid en er werd gestart met een heerlijke carpaccio van kalfsvlees. De ober deelde vakkundig de borden uit en al snel werd het tweede voorgerecht geserveerd, 'spaghetti alle vongole', *al dente*. Voor Antonio was het niets bijzonders, maar hij legde zijn hart en ziel in een heerlijke maaltijd, zonder overbodige tierlantijntjes.

'Saltimbocca Romana'

Het hoofdgerecht leek wat alledaags, maar was uitstekend gekruid met een smaak die niet te overtreffen viel. Er volgde een mix van verschillende groene salades, knapperig vers en besprenkeld met de beste olijfolie en wijnazijn. Als dessert was er vers geklopte ´sabayon.´ Deze was uitstekend en gemaakt zoals alleen de Italianen het kunen.

Na het eten

Toen we hadden gegeten, voegden de chef-kok en de ober, beide Italianen, zich ook bij ons. Charles vertelde hoe ze toen de hele omgeving hadden verkend. Vlak achter hun tenten stonden de beroemde tempels van Paestum. De Poseidon-tempel stond op een heuvel net achter het strand. Overdag hielden de vier echte zwemwedstrijden. Ze wilden zo ver zwemmen dat ze deze tempel vanaf het water konden zien. Lord Byron schrijft in zijn Italiaans dagboek dat hij zo ver gezwommen was, dat hij de tempel vanaf het water had kunnen zien. De vier ontdekten dat dit haast onmogelijk was geweest vanwege de kromming van de aarde. Lord Byron had zich maar weer eens bewezen als enorme blaaskaak. Hij had de tempel gewoon vanaf het schip gezien.

Napels

Er is een spreekwoord dat luidt: 'Eerst Napels zien en dan pas sterven.' Deze prachtige stad en ook de Vesuvius waren natuurlijk uitgelezen bestemmingen. Ook Pompeii ontsnapte niet aan een bezoek. Cynthia was de meest geïnformeerde van de bende en ging vlijtig op zoek naar de 'Villa dei Vettii.' Toen ze eindelijk hadden uitgezocht waar de villa lag, werd Cynthia's pret bedorven. Tot haar grote teleurstelling hadden vrouwen er geen toegang. Voor Cynthia was er op zijn minst de plaatsvervangende Charles, die schetsen maakte van de obscene fresco's en deze mee naar buiten nam, zodat Cynthia ze kon bewerken. Haar tekenwerken waren zelfs een groter succes dan de schetsen van Charles. Ze vielen gewoon beter in de smaak en vooral teleurgestelde vrouwen, die net zoals Cynthia niet werden binnengelaten, kochten ze maar al te graag.

Vandaag is deze regel natuurlijk niet langer geldig voor vrouwen.

Een rijke Amerikaan

Een ouder Amerikaans stel, waarvan de kleding openlijk verried dat geld het allerlaatste van hun zorgen was, toonde interesse in een fresco van Cynthia. Het was een exemplaar in felle kleuren, gemaakt volgens de modellen van Charles. Hij was erg opgetogen en zei dat deze muurtegel een prachtige plek op de muur achter zijn bureau zou kunnen krijgen. Hij vroeg naar de prijs. Cynthia, die zich voordeed als echte Italiaanse, schreef hem de som van 1000 lire op een stukje papier. In die tijd was een lire zoveel waard als een cent, dus een bescheiden prijs. Men moet echter in gedachten houden dat het geld in die tijd tien keer meer waard was dan vandaag. Douglas, pienter kereltje dat hij was, zei: 'Dit zijn dollars.' De vrouw vond het inmiddels toch een beetje duur worden en drong aan bij haar man om het fresco toch niet te kopen. Hij was echter zo in de wolken dat hij het bedrag daadwerkelijk in dollars betaalde.

Money Money Money

Na dit verhaal koos Douglas het beroemde Abba-lied om op zijn gitaar te spelen en alle negen, inclusief de kok en de ober, zongen mee. De vier Londenaren konden de rest van de vakantie volledig financieren met dit bedrag. Ze konden het zich permitteren om door de blauwe grot te gaan, naar Anacapri te gaan en de hele kust van Amalfi te verkennen.

Dansplezier

's Avonds gingen ze regelmatig dansen of naar de bioscoop. Het meest opwindende in die tijd was het neorealisme van een zekere Rossellini. Zijn film 'Stromboli', met actrice Ingrid Bergmann, was een enorme hit. De vier kameraden konden zich nu ook een boottocht naar Stromboli en de Eolische eilanden veroorloven.

De grote ster in die tijd was Sophia Loren. Ze komt zelfs uit die streek, uit Pozzuoli nabij de Flegreïsche Velden.

Mambo italiano

Douglas speelde de deuntjes van deze populaire hit en iedereen was het daarmee eens. Het ene na het andere nummer werd in gang gezet, 'Felicita', 'Senza di te', 'Volare', 'Marina', 'Amore per sempre', 'l'Italiano' en natuurlijk 'Laura non c'è.' Bij de herinnering aan de jeugd werd de stemming bijna melancholisch.

Youtube

Toen Cynthia ook nog eens de video met Sophia Loren op haar pc met groot scherm liet zien, begon zowat iedereen de mambo te dansen. Dat moest soms solo omdat er maar twee vrouwen waren. Het oudere heerschap danste niet zo intrigerend als Loren, die op onnavolgbare wijze wist hoe ze haar 'derrière' aan de man moet brengen.

Werk voor de boeg

Guiseppe en Federico, beiden goede zangers en dansers, zouden nog graag bij ons zijn gebleven, maar ze moesten nog werken en keerden terug naar de Padella.

La guerra parallela (4.6)

Antonio stemde ermee in om ons over zijn jeugd te vertellen. Zijn vader was een Zwarthemd. Hij behoorde tot de 'camicie nere,' die de Duce in 1922 mee aan de macht hielp tijdens de mars naar Rome. Later nam hij deel aan bijna alle Italiaanse veldslagen tegen de geallieerden.

Oorlogsverklaringen

De aanvankelijke militaire successen van Hitler moedigden Mussolini nu ook aan om de oorlog tegen Engeland en Frankrijk te verklaren. Hij wilde het oude 'Imperium Romanum' herstellen, en dat zou starten in de oostelijke Middellandse Zee. Om te beginnen trokken zijn troepen het legendarische Egypte binnen met de historische herinnering aan Caesar en Cleopatra.

Suezkanaal

Hitler was enthousiast over de toetreding van Italië tot de oorlog en stemde er onmiddellijk mee in hen te steunen met Duitse troepen. Als de Duitsers het Suezkanaal in hun handen zouden kunnen krijgen, zouden de Engelsen de kortste weg naar hun meest waardevolle kolonie van India niet langer kunnen bevaren. Benito wilde er echter niets van weten. Hij wilde de waardevolle vrucht alleen oogsten, zonder hulp van buitenaf. Zijn succes was gematigd, de Italiaanse groepen konden niet doordringen tot het Suezkanaal, dat de Engelsen dapper verdedigden.

Oorlog met Frankrijk

Net op tijd en twee dagen voor de capitulatie van de generaal Pétain en de Vichy-regering op 22 juni 1940, verklaarde Mussolini de oorlog aan het land en viel onmiddellijk binnen. Hij had er lange tijd over gedroomd om de Italiaanssprekende Riviera terug te halen: Ventimiglia, Mentone, Monacco en vooral Nice. Het is de geboorteplaats van de grote Italiaanse vrijheidsstrijder Garibaldi.

Italiaanse Alpendorpen

Italiaanse bergsoldaten drongen binnen in alle bergdorpjes waar Italiaans werd gesproken, van de Aosta-vallei tot de Mont Blanc. De hoogste berg van Europa zou binnenkort niet langer bekend zijn onder zijn Franse naam, maar als 'Monte Bianco,' de Witte Berg.

Corsica

Dit eiland spreekt onbetwistbaar een Italiaans dialect en dit gerechtvaardigd een historisch aanspraak op het eiland van Italiaanse zijde, ook al heeft Genua het eiland met grote schulden verkocht aan de Franse koning, kort nadat Napoleon er werd geboren. Zo werd Napoleon de keizer van de Fransen in plaats van een Italiaanse vrijheidsstrijder.

Tunesië

Dit land kwam Italië geografisch en historisch toe. De keten van de Apennijnen loopt over Sicilië verder naar Tunesië. Daarnaast was er het machtige Carthago, de rivaal van Rome. Nadat Engeland Egypte had weggerukt uit het Ottomaanse rijk, zou het aan Italië zijn om Tunesië als kolonie te verwerven. Het productieve Suezkanaal kwam niet meer in vraag en de Fransen hadden al een grote buit binnen met het grote en rijke Algerije. De Fransen dwongen echter ook Tunesië af en Italië moest dan maar genoegen nemen met Libië, waarvan de rijkdom aan olie nog niet bekend was. Mussolini wilde niet opzijgeschoven worden en deze beslissing corrigeren.

Vele mogelijkheden

Het was verbazingwekkend hoeveel doelen de Duce zich had gesteld en hoeveel overwinningen hij wilde bereiken in verschillende regio's. Hitler kon maar net voorkomen dat hij Zwitserland zou aanvallen en Ticino, Locarno, Lugano, Chiasso en Bellinzona zou terughalen.

Mislukking

De oorlogsvoering van Benito was allesbehalve een succes. Zelfs het verslagen Frankrijk domineerde de Italiaanse troepen van de Duce. En toen Mussolini zich moest verzetten tegen de Italianen in Tunesië, kon hij niet anders dan Duitse hulp aanvaarden, die aanvankelijk succesvol was onder leiding van generaal Rommel, de woestijnvos.

Mare nostra

Hij kon het echter niet laten verdere aanvallen uit te voeren. De Adriatische Zee moet een puur Italiaanse zee worden, een 'Mare nostra.' De naam van de zee is afkomstig van keizer Hadrianus, onder wiens heerschappij het Romeinse rijk zijn grootste uitbreiding kende.

Belofte

Bovendien had Churchill de Duce beloofd om hem te belonen met alle kustplaatsen aan de Dalmatische kust, als hij erin slaagde het neutrale Italië een oorlog te laten voeren tegen de Donau-monarchie en de keizer in Wenen. De Duce slaagde in deze opzet. Italië heeft enorme offers gebracht in de strijd aan de Isonzo en de gevechten van de bergjagers op de Pordoipas.

Gebroken belofte

Churchill verbrak deze belofte omdat hij verplicht was de hele kust aan de Servische koning te geven. Als zijn geheime organisatie 'De Zwarte Hand' de moordenaars niet met geld en wapens had gesteund, had Gavrilo Princip de troonopvolger en diens vrouw op 28 juni 1914 in Sarajevo niet kunnen vermoorden. Dit was het startschot voor de glorieuze Eerste Wereldoorlog, waar Churchill al zo lang naar verlangde. De Servische koning moest nu worden beloond.

De Duce moest genoegen nemen met de Griekse eilanden Santorini, Rhodos en de bezettingsrechten in West-Turkije. Het prachtige Zuid-Tirol, waar in die tijd geen Italianen woonden, kreeg hij er nog bovenop.

Albanië

Benito durfde Joegoslavië niet aan te vallen, maar het kleine Albanië had hij in een mum van tijd op de knieën. Nu wilde hij Griekenland veroveren, dat in de oudheid ook tot het Romeinse Rijk behoorde. Hij had het mis met de militaire macht van de Grieken en werd definitief verslagen door president Metaxas. Deze triomf wordt vandaag nog steeds als 'Ochi-dag' (*nee-dag*) gevierd in Griekenland. Metaxas behoort overigens tot de familie Metaxas die de beroemde Cognac produceert.

Aanbod

Churchill bood in de strijd tegen de Duce onmiddellijk hulp aan de Griekse president. Deze weigerde beleefd. Het was namelijk niet langer nodig omdat de Italiaanse troepen al waren vertrokken. Ondanks dat feit beval Churchill de Engelse troepen toch om Thessaloniki te bezetten en er een militaire basis te bouwen omdat hij van daaruit de olievelden in Roemenië wilde bombarderen. Deze olievelden waren voor Hitler de enige mogelijkheid om zijn militaire voertuigen van brandstof te voorzien.

Pijnlijke vergissing

Metaxas wilde dit niet laten gebeuren. Griekenland moest neutraal blijven en in geen geval betrokken worden bij deze oorlog. Dan was er nog een ander vreemd voorval. De Britse lijfarts van Metaxas had een pijnlijke fout gemaakt. Hij gaf zijn patiënt kaliumcyanide in plaats van het voorgeschreven geneesmiddel.

Er wordt gespeculeerd dat deze verwarring niet geheel los stond van het telefoontje dat hij met Churchill had gehad.

Koryzis

Alexandros Koryzis werd zijn opvolger. Op 6 april 1941 vroeg Hitler Koryzis om de Britten naar het land te drijven, maar dat weigerde hij. Het gevolg was dat de Duitse troepen tien dagen later al naar Griekenland marcheerden, omdat Hitler niet wilde accepteren dat de Britten nu een militaire basis hadden die zijn voorraad aardolie zouden kunnen torpederen.

Deze snelle reactie was verrassend omdat Griekenland niet aan Duits grondgebied grenst. De troepen moesten eerst door Joegoslavië marcheren, dat niet aan de kant van de Duitsers stond. Ze moesten het land nu ook veroveren of opereren vanuit Bulgarije.

Vrijwillige dood

Op 18 april 1941 zag Koryzis al geen andere uitweg dan zelfmoord te plegen. Zijn opvolger Emmanouil Tsondoros werd na twee dagen in functie gedwongen om te vluchten naar Kreta. Toen de Duitse parachutisten op 2 juni 1941 op Kreta, waar de Engelsen zich voordien al hadden verschuild, landden, zette Tsondoros via Egypte koers naar Engeland.

Memorandum

De oorlogsschade, veroorzaakt door de Britse landing in Salonika en later op Kreta, moest worden gecompenseerd door herstelbetalingen. In een memorandum tussen Tsondoros en de Britse ambassadeur werd afgesproken dat Griekenland het eiland Cyprus na de oorlog zou ontvangen als compensatie. Dit was na de oorlog echter niet meer het geval.

Geluksvogel

De landing van de Engelsen in Salonika was een ramp. Nog voor enige militaire actie kwamen duizenden om door malaria. De landing van de Britten op Kreta en hun verdrijving door de parachutisten werd gelijkgesteld aan Churchill's Gallipolimislukking in de Eerste Wereldoorlog.

Hij vroeg zich af of hij moest aftreden. Ondanks alle verkeerde beslissingen van Churchill, en dat zijn er heel wat, bleef hij toch altijd aan de kant van de winnaars staan. Hij hield zich maar al te graag op bij de overheersende partij – anders gezegd, bij de geldzakken.

Persoonlijke belevenis

Aan de gebeurtenissen op Kreta wilde ik een persoonlijke herinnering toevoegen. De muziekleraar, meneer Vater, kwam ooit langs in onze winkel. Ik kreeg samen met zijn dochter van dezelfde leeftijd privélessen blokfluit, nog voordat we beiden waren ingeschreven op school. Op een dag zwaaide mijn muziekleraar overgelukkig de winkeldeur open en jubelde: "Onze parachutisten zijn op Kreta geland." De reden waarom ik het niet vergeten was, was het onbegrijpelijke nieuws dat Vater voor deze vreugdevolle boodschap in de gevangenis kwam. Hitler had het nieuws van de landing niet bekendgemaakt omdat het extreem verlieslatend was geweest. Vater had naar het verboden 'Radio London' geluisterd, wat in die tijd streng werd bestraft. Het feit dat hij een trouwe partijgenoot was, maakte dat hij na drie dagen werd vrijgelaten.

Uitstel

Antonio wilde eigenlijk nog vertellen hoe de herovering van Italië na de landing op Sicilië werd uitgevoerd. Het was echter al laat en daarom stelde hij dit gedeelte uit en nodigde ons uit in zijn restaurant, waar hij het verhaal verder wilde vertellen.

De volgende morgen hadden we afgesproken om bij elkaar te komen bij Douglas in Temple Street, Westend. Hij bedankte gastvrouw Cynthia en maakte haar het compliment dat zo'n geweldige avond met gastendiner alleen maar van een vrouw had kunnen komen. Antonio voegde er nog aan toe dat ook hij een middernacht 'souper' zou organiseren, en dat er dus geen gebrek aan muziek en zang zou zijn.

Dag vijf (5)

Vanwege de lange avond bij Cynthia, sliepen we die morgen uit. In plaats van ontbijt en lunch, kozen we voor een brunch. In de middag ontmoetten we elkaar voor St. Paul's Cathedral.

Houston wachtte buiten aan de ingang op me.

St. Paul's (5.1)

Deze enorme kathedraal is bijna net zo groot als de Sint-Pietersbasiliek in Rome. Ze werd gebouwd in 1666 in plaats van de kathedraal die verwoest werd door de Grote Brand. In 1806 vond de staatsbegrafenis van Lord Nelson er plaats, de overwinnaar van Trafalgar, die vanop de hoge zuil aan Trafalgar Square uitkijkt over de stad Londen.

In 1981 was er dan de bruiloft van Diana en Charles, waarnaar de hele wereld had gekeken. De koepel is 365 voet, één voet per dag van het jaar en dus 111 meter hoog. Atleten kunnen de 528 treden beklimmen en vanaf de kroon de hele stad overzien. Het zicht op het onderliggende koepelgewelf is indrukwekkend en wordt vergroot door een vergrootglas, zodat alle details goed kunnen worden herkend. De fluistergalerij 'Whispering Gallery' roept talrijke anekdotes op. Tot nu toe weet niemand waarom ze eigenlijk werd ingebouwd.

Crypte

Onder de kathedraal bevindt zich een grafcrypte met talloze graftomben. Lord Nelson ligt er begraven net zoals William Turner, de grote schilder, de muzikant Sullivan, en Flemming, de ontdekker van penicilline. Voor Churchill is er een herdenkingsmonument, hij ligt er dus niet begraven. Hetzelfde geldt voor Florence Nightingale. Zij was de eerste verpleegster die gewonde soldaten op de slagvelden ging verzorgen ten tijde van de Krimoorlog.

Admiraal David Beatty

Houston wees vooral naar zijn tombe. Beatty nam deel aan de Slag van Khartoem in Soedan en de tweede Opiumoorlog. Hij was een secretaris van Churchill, vocht tijdens de 'Bokseropstand' in China en was admiraal van de Royal Navy. In 1914 was hij betrokken bij de Slag van Helgoland, in 1915 op de Doggerbank. In 1916 had hij het commando over de Britse vloot tijdens de Zeeslag aan Skagerrak. "Er lijkt iets mis te zijn met onze vervloekte schepen," zou hij over de mislukkingen hebben gezegd. Hij gaf opnieuw de opdracht om aan te vallen en voegde nog toe: "Vergeet niet dat de vijand een verachtelijk beest is." Dit soort retorica kennen we van zijn voormalige baas Churchill.

Bezinning

Churchill had altijd gezegd dat de Duitsers, hij noemde ze Hunnen, geen menselijke wezens zijn, maar beesten. Dit werd na 1945 daadwerkelijk over de Duitsers verteld omwille van hun gruwelijke vervolging van de joden. Het feit dat Beatty dit al wist tijdens het keizerlijke tijdperk, is een raadsel dat niet zo snel kan worden opgelost. Tijdens de Slag aan Skagerrak werden de Britten, de grootste vloot ter wereld onder bevel van Beatty, verslagen door de Duitsers en de meeste van hun schepen tot zinken gebracht. Meer dan 6000 Britse matrozen kwamen om het leven. Bij de Duitsers waren er echter ook pijnlijke verliezen en bijna 2000 doden. De Britse pers verkocht deze nederlaag als een grote overwinning.

Hoe zou deze strijd verlopen zijn als Churchill nog steeds opperbevelhebber was geweest? Vanwege de catastrofe van Gallipolli had hij ontslag moeten nemen en werd Beatty zijn opvolger. Ik vermoed dat de ramp voor de Britten nog veel erger zou zijn uitvallen.

Graf van Wren

Het graf van deze bouwheer kon natuurlijk niet ontbreken in de crypte. Een grote gepolijste plaat van zwart marmer zonder enige versiering. Zoals op zovele historische plekken, was ook hier een lerares met haar kleine leerlingen onderweg. Ze gingen ongegeneerd op de grafplaat zitten, sommigen op de grond ervoor, anderen bleven staan. De lerares liet hen op een grote foto zien hoe de kathedraal er voor het de Grote Brand uitzag. Op deze manier werd de kleine Londenaren de geschiedenis van hun stad en hun land al vroeg bijgebracht op de lagere school.

City of London (5.2)

Na het bezoek maakten we bij milde temperaturen een wandeling door de City of London. We liepen over Ludgate Hill, na een omweggetje via Old Bailey, naar Fleet Street, de straat van de kranten. Houston zei dat hij ook satires had gepubliceerd in de humorrubriek van sommige kranten. We stopten ook aan verschillende oude pubs, waar we elke keer een biertje dronken.

Ye Olde Cock Tavern

Tennyson en Samuel Pepys hadden deze gezellige pub regelmatig bezocht. Houston vertelde me er een korte grap. Churchill was niet zo blij dat Duitsland, of beter gezegd de drie westelijke bezettingszones, zich verenigde tot de Bondsrepubliek. Hij had Duitsland altijd al willen ontwrichten. En toen ook nog eens de 'Bundeswehr' werd opgericht, hoewel Churchill had gezworen dat geen enkele Duitser ooit nog een wapen in de hand zou kunnen houden, kwam zijn woede tot een kookpunt. Als president had hij echter geen keuze dan de Duitse bondskanselier Adenauer te ontvangen. De eerste ontmoeting verliep bijzonder koud. Bij de tweede was het ijs gebroken, ook omdat Churchill zich bij de feiten has neergelegd.

Adenauer

Adenauer's uitspraak "wat kan me mijn gezwets van gisteren een donder schelen" vond zelfs Churchill goed. Hij zei: "Dat zou van mij kunnen komen!" Adenauer antwoordde als volgt: "Het nieuwe Duitsland heeft zich nu grotendeels aangepast aan de tradities van de Engelse democratie. Als een belangrijke positie in de staat wordt ingevuld, moet het niet meer gedwongen een partijlid zijn, maar wordt de taak gegeven aan wie het meest bekwaam is voor dat werk." Op deze manier werd ook een dik betaalde overheidspositie uitgeschreven in Bonn. Van de vele sollicitanten, bleven er welgeteld drie op de favorietenlijst staan: een leerkracht in het basisonderwijs, een handelaar en een jood.

De meest bekwame

Als examenvraag moesten de drie het volgende vraagstuk oplossen: "Hoeveel is 2 + 2?" De leraar op de basisschool was de eerste die reageerde en schreeuwde enthousiast: "Een makkie. Dat is 4." De handelaar antwoordde: "Het is niet zo eenvoudig, maar het komt in de buurt van 4." De jood legde het als volgt uit: "Natuurlijk is het eenvoudig. Het inkoopresultaat is 3, het verkoopresultaat is 5." Wie zou de baan hebben gekregen?

Adenauer verklaarde nu zijn besluit: "Na zorgvuldige overweging heb ik besloten dat de plaats naar een neef van mijn vrouw gaat."

Churchill bulderde van het lachen en zei: "Ik zie dat Duitsland goed op weg is om een echte democratie in Engelse stijl te worden!"

Cheshire Cheese

Na een paar stappen kregen we weer dorst en gingen we naar de 'Cheshire Cheese.' Men kan er echte Engelse geitenkaas krijgen. Het was de ontmoetingsplaats van Dickens en Chesterton. 'Father Brown' of de kortverhalen 'Everlasting Man,' doen beslist een belletje rinkelen. Daar wilde Houston me een jeugdverhaal vertellen van FDR, dat hij had gehoord in Bad Nauheim, waar zijn ouders genoten van een kuur. Hij zou pas later op het verhaal terugkomen. Hij beschouwde deze president als volkomen onwetend en even naïef als Adam voor de zondeval.

Als het om geld ging, had Roosevelt echter briljante ideeën. Toen hij in 1932 president werd, vaardigde hij een wet uit die het privépersonen verbood om goud te bezitten. Degenen die hun goud niet aan een bank hadden verkocht tegen papieren dollars, werden bedreigd met een maximum van tien jaar gevangenisstraf. Toen 4,5 miljoen werd afgeleverd, nam hij aan dat bijna alles werd verzameld, waarna de prijs van goud met 100% werd verhoogd. De banken hadden in een klap 4,5 miljard gerecupereerd.

Met de banken worden natuurlijk de eigenaars van de banken bedoeld. De grootste New Yorkse bank – de 'Chase Manhattan' – was eigendom van Rockefeller en Baron von Rothschild bezat zelfs meerdere banken. Er kan van worden uitgegaan dat beiden hun waardering voor deze dienst bij FDR hebben getoond.

Temple Bar Memorial

Deze memorial bevindt zich in het midden, op het einde van Fleet Street. Het duidt het einde van de City of London aan, en Fleet Street heet vanaf daar 'Strand,' behorend tot Westminster. Er staan interessante gebouwen in de buurt, zoals bijvoorbeeld Temple Church, die in 1185 gebouwd werd door de Tempeliers, volgens het bouwmodel van de Heilige Grafkerk in Jeruzalem ('Holy Sepulchre Church').

Middle Temple Hall

Hier werd de 'Twelfth Night' van Shakespeare in 1602 uitgevoerd. Al deze gebouwen bevinden zich in een parkachtig groengebied dat uitloopt tot de Theems. Het is een oase van rust met vele banken. We zaten er in de schemering en keken naar de voorbijvarende, verlichte schepen. De wandeling naar Temple Avenue, waar Douglas woonde, was kort en verfrissend.

Temple Avenue (5.3)

Bij Douglas en Lizzy

Er werd gewacht op ons. Lizzy speelde op de vleugel en bleek niet alleen een zangeres, maar ook een uitstekende pianiste. Ze had een voorliefde voor jazz. Charles en Cynthia stonden naast haar en luisterden vol verbazing naar de klanken.

Groot salon

Ik stond te kijken van het vorstelijk ingerichte appartement. Douglas had zijn rijkdom altijd al goed kunnen verstoppen en speelde maar al te graag de berooide 'bohemian.' In feite behoorde hij tot de hoge adel, maar ik besefte het pas goed op deze ene dag.

Verrassing

Hij had een grote verrassing voor ons allemaal voorbereid. Op een gigantisch scherm wilde hij ons een oude kortfilm laten zien, die in 1933 zelfs een Oscar had gekregen. Douglas had voor deze gelegenheid onze stoelen zorgvuldig gegroepeerd in een halve cirkel rond het scherm.

Pride of London

Zonder veel woorden wilde hij de avond openen. Maar voordat hij het apparaat aanschakelde, heften we het glas met het beste Engelse bier dat in Londen werd gebrouwen, en alleen in Londen werd geserveerd: 'Pride of London.'

De Duitsers worden beschouwd als de grootste bierdrinkers, maar ze worden met glans overtroffen door de Britten. Het bier en de 'ale' die gesmeerd door de Engelse kelen loopt, kent geen concurrentie. Zelfs nu nog brouwen vele Engelsen hun eigen bier thuis in emmers en vaten.

Aankondiging

Ook de dames waren te vinden voor een typische "cheerio!" en Douglas kondigde breed aan dat hij met dit bier voor een reden had gekozen, aangezien Lizzy en hij het tweede luik van de avond zouden openen met Noel Coward's 'Pride of London,' een Brits pareltje in hart en nieren.

Kortfilm

Nadat we allemaal een comfortabele stoel hadden gekozen, schakelde Douglas zonder verdere introductie de televisie aan en speelde de dvd van deze prijsbekroonde film uit 1933 af. De film toonde de eerste vlucht over de Mount Everest met twee vliegtuigen van het type Westland Wallace.

Begin van de luchtvaart (5.4)

Een van de twee piloten was zijn oudoom, Douglas Douglas-Hamilton, 14^e hertog van Hamilton. In die tijd was vliegen nog steeds baanbrekend werk. In de tweede dubbeldekker vloog zijn vriend en medestrijder. Achter de twee zaten hun fotografen. De bijzondere uitdaging van deze vlucht was de enorme hoogte. Het ging over meer dan 8848 meter boven zeeniveau, bijna de hoogte die een modern passagiersvliegtuig nodig heeft om de continenten over te steken.

Panne

Tijdens de eerste vlucht op 3 april 1933 ging bijna alles fout. Vanwege de hardnekkige koude – op die hoogte duikt het kwik tot veertig graden onder nul – bevroor de benzine. De lucht was te dun om in te ademen en de ademhalingsmaskers werkten niet in deze temperaturen. De vier mannen dreigen te verstikken. De camera's raakten geblokkeerd, waardoor het volledige beeldmateriaal waardeloos werd.

Verbod

De vier waren erin geslaagd om de Mount Everest over te vliegen zonder hiervan een enkele foto te laten zien. De regering in Londen verbood een herhaling van de vlucht omdat deze levensbedreigend was.

Knutselen

De vier lieten zich echter niet intimideren. Ze knutselden zelf aan hun eigen ademmaskers en camera's; in de begindagen moest een piloot zichzelf kunnen helpen. Ondanks het verbod deden ze op 19 april 1933 een tweede poging met groot succes.

Haarscherpe foto's

De buit op camera was dit keer overweldigend. Voor de eerste keer kon men de omgeving van de top van de Everest zien, die tot dan toe niemand had gezien. De latere eerste beklimming van de Mount Everest door Hillary en zijn sherpa Tensing, zouden nooit mogelijk zijn geweest indien Hillary zijn route niet aan de hand van deze foto's had kunnen plannen.

Charles Lindbergh

Er volgde een algemene discussie na deze kortfilm. Iedereen was het eens over het feit hoe ongelofelijk opwindend en interessant deze beginjaren van de luchtvaart nog steeds zijn. Lizzy voegde eraan toe dat haar landgenoot voor de eerste keer het probleem van langeafstandsvluchten meesterde door als eerste en helemaal alleen de Atlantische Oceaan over te steken in een vliegtuig, en hoe deze pioniers ook hun leven riskeerden.

Internationaal

Deze pioniers hielden ook over de nationale grenzen heen contact met elkaar. Zo was Lindbergh persoonlijk bevriend met Edward VIII, die op zijn beurt een fanatiek vlieger was. Bij zijn inauguratie vloog Edward na de dood van zijn vader zelf van Sandhurst naar Londen, een primeur in de Britse koninklijke familie.

Nachtvlucht

Cynthia herinnerde ons eraan dat het probleem van de nachtvluchten op dat moment nog moest worden opgelost. St. Exupéry, een van haar favoriete auteurs, was in die tijd een pionier in het veld. Ze herinnerde zich zijn beroemde boek 'Night Flight.' Hij wilde helpen bij het opzetten van een regelmatige postdienst tussen Santiago di Chile en Argentinië. De hoge ruggen van de Andes vormden een bijkomende hindernis. Dat hij meermaals zijn beschadigde vliegtuig zelf moest repareren, was voor hem bijna dagelijkse kost. Als hij alleen in de woestijn zou landen, zonder hulp in zicht, moest hij vertrouwen op zijn eigen technisch kunnen. Het zou echter ook tot ontmoetingen komen, zoals met de 'Kleine Prins,' die hem hielp om alle problemen te overwinnen.

Hobby van de High Society

De jongste broer van King George, de eerste Hertog van Kent, was ook een getalenteerd vlieger. Hij vloog tijdens de oorlog ook met grotere vliegtuigen. De hertog was de beste vriend van mijn oudoom. In die tijd had hij zelfs zijn eigen landingsbaan gebouwd op het oude jachtslot van zijn familie, in Dungavel, Schotland. Zijn koninklijke vriend landde er vaak in het weekend om deel te nemen aan vliegwedstrijden.

Het was ook op deze baan dat Hess zou landen op 10 mei 1941.

George, eerste Hertog van Kent

Hij was de vierde zoon van George V en Queen Mary, de buitengewoon elegante en zeer mooie Maria von Teck – zij werd beschouwd als de mooiste vrouw van Europa – en haar zoon was een zeer knappe en sportieve jongeman. Sommigen zagen in hem 'everybody's darling,' terwijl anderen hem veroordeelden als het 'enfant terrible' van de koninklijke familie. Vergelijkbaar met de roodharige prins Harry vandaag. Hij was de laatste die trouwde met een buitenlandse edele, Marina van Griekenland en Denemarken. De bruiloft werd met veel pracht en praal gevierd. Alle latere koninklijke huwelijken werden gesloten met Britse edellieden of gewone burgers.

Florence Mills

Voordat hij besloot te huwen, had hij veel affaires met danseressen, actrices en zangeressen. De liefdesrelatie met de Queen of Jazz, Florence Mills, stak erboven uit. Ze werd beschouwd als de eerste grote ster van de zwarten. Aan het begin van de avond speelde Lizzy de muziek van haar beroemde musical 'Black Birds' op de piano.

Edyth Baker

Yes Sir, that´s my baby,
You are my heart´s delight,
Where is the rainbow,
Dancing till dawn.

Zij was een andere geliefde van de koninklijke prins.

Noel Coward

Ook tijdens zijn huwelijk had hij relaties met andere vrouwen en – God save us all – zelfs met de oogverblindende Noel Coward. Hij was met andere woorden biseksueel.

Toen men de populaire actrice Inge Meysel ertoe aangemoedigde uit de kast te komen, zei ze met een typisch Berlijnse grote mond: 'Ik ben biseksueel. En ik heb dus keuze zat.' Dat gold natuurlijk ook voor de eerste Hertog van Kent.

Champagne

Douglas zette het tweede deel van de avond in. Het thema aan het begin van de avond waren de eerste dagen van de luchtvaart geweest. Het volgende onderwerp zou de vlucht van Hess worden. Deze vlucht is een van de vreemdste en meest raadselachtige gebeurtenissen uit de Tweede Wereldoorlog. In plaats van bier had Lizzy nu champagneflessen laten openen. Het huispersoneel was tot nu toe op de achtergrond gebleven, maar nu brachten ze de champagneglazen en -flessen mee, die met een luide knal werden ontkurkt. Na een toast, 'à votre santé' en 'cheerio,' wilde Douglas het beroemde verzetslied van de Londonaren zingen. Het 'Pride of London,' geschreven door Coward. Na de zwaarste bombardementen op Londen van 10 mei 1941 had hij het opgeschreven en gecomponeerd. 500 vliegtuigen hadden hun bommenlading over de stad laten vallen en een ongelofelijke verwoesting aangericht. Bij de afwezigheid van een orkest, besloot Lizzy hem te begeleiden op de piano.

De tekst

London Pride has been handed down to us.
London Pride is a flower that's free.
London Pride means our own dear town to us,
and our pride it for ever will be.

Het is een liefdesverklaring aan de geliefde stad Londen.

Cockney feet mark the beat of history.
Every street pins a memory down.
Nothing ever can quite replace.
The grace of London Town.

Hij haalt de sterke geschiedenis van de stad tevoorschijn.

Every Blitz your resistance toughening,
from the Ritz to the Anchor and Crown,
nothing ever could override.
The pride of London Town.

Elke aanval versterkt alleen de weerstand en niets zal Londen ooit kapot krijgen.

Melody

Voor muziekliefhebbers valt er veel te ontdekken in de melodie van het nummer. Van Coward wordt gezegd dat hij delen heeft overgenomen uit 'God save the King,' 'Land of hope and glory,' en zelfs uit 'Deutschland, Deutschland über alles.'

Herwerkingen

Na de verschrikkelijke terroristische aanslagen van onze tijd, zijn er veel moderne bewerkingen, die de weerstand van de Londenaren in de nieuwe, veranderde situatie tot uitdrukking willen brengen.

Reden voor de overgang

Douglas legde uit dat hij dit nummer had gekozen als overgang naar het tweede thema van de avond, omdat op deze 10 mei 1941, de dag van de grootschalige aanval op Londen, Hess eveneens aan zijn mysterieuze vlucht begon.

Augsburg

Hess moest zijn sportvliegtuig voor de lange vlucht naar Schotland volledig laten ombouwen in de fabriek van Messerschmitt. Voor deze route was de kerosine in de tank in geen enkel geval voldoende. In plaats van de tweede stoel voor de copiloot en de derde stoel voor een andere metgezel, werden enorme reservoirs geïnstalleerd, die voldoende brandstof zouden bevatten voor de heenvlucht. In het geval van een terugvlucht zou er worden bijgetankt.

Start

Hess overhandigde de koerier voor zijn vertrek en zoals afgesproken, een brief aan Hitler, waarin hij schreef dat hij nu klaar was om aan boord te gaan van het vliegtuig.

Vlucht

Hess vloog de Rijn af naar Rotterdam en stak vervolgens het kanaal over. Opdat hij niet zou worden ontdekt door de radars, besloot hij om laag te vliegen. Op hetzelfde moment dat de luchtaanval met 500 vliegtuigen op Londen begon, had de Britse luchtverdediging de handen vol om deze af te weren. Hierdoor was de vlucht boven het zuiden van Engeland niet al te gevaarlijk voor Hess.

Plan

Hoe dichter Hess bij de geplande landingsplaats in Schotland, Kasteel Dungavel, kwam, hoe moeilijker het werd. Churchill was door zijn geheime dienst namelijk op de hoogte was gebracht van dit project. Hij kende ook zijn doel, namelijk dat hij zelf ontkracht zou worden en Hess zou optreden als een plaatsvervangend vertegenwoordiger van de Führer in het Engelse parlement – Hess sprak perfect Engels – en zou met de parlementariërs over een vredesverdrag moeten onderhandelen tussen Engeland en Duitsland.

Churchill vertegenwoordigde niet de Engelse belangen, maar volgde alleen de instructies van de Amerikaanse financiële top, meer bepaald zijn opdrachtgever Baron von Rothschild, de echte leider van Engeland en Amerika. Deze partij zou moeten worden geëlimineerd met het aantreden van Hess.

Raid 42

Om het plan van Hitler te voorkomen, wilde Churchill het vliegtuig van Hess eenvoudigweg laten neerschieten. Daarmee zou de hele zaak zijn opgelost. Onder de naam Raid 42 maakten drie spitfires en een speciale nachtjager jacht op de moedige solovlieger. Ze werden geïnformeerd dat een klein Duits vliegtuig Dungavel Castle zou benaderen en dat het kost wat kost moest worden neergehaald.

V-man

Uit voorzorg had Churchill ook een van zijn V-mannen geïnfiltreerd in het gezelschap van hooggeplaatste politici, die zich hadden verzameld bij Douglas Hamilton in Dungavel Castle. Als het neerschieten van de Messerschmitt-machine van Hess zou mislukken, was er hier nog steeds een mogelijkheid om het plan te veredelen.

Topprestatie

En inderdaad, het plan mislukte. Hess ontsnapte aan al zijn achtervolgers, ook al had hij geen radiocontact in een voor hem onbekende regio. Hij vond de eindbestemming, hoewel zijn vliegtuig niet goed genoeg was uitgerust voor een nachtvlucht.

Fakkels

De landingsbaan was gemarkeerd met fakkels, zodat Hess veilig kon landen. Iedereen stond op het vliegveld en Hess zond de eerste radiosignalen uit om zijn landing aan te kondigen terwijl hij over het grondstuk cirkelde.

Alfred Horn

Het codewoord, dat de toestemming om te landen moest garanderen, was Alfred Horn. Zo stelde zich Hess dat ook voor. Churchill begreep dat zijn V-man degene was met wie Hess zijn eerste radiocontact moest maken en deze handelde nu in de zin van zijn werkgever. In plaats van toestemming te geven voor de landing schreeuwde hij: 'Snel! Doof de fakkels, we werden verraden!'

Radeloos

Hess cirkelde lange tijd over het kasteel van Dungavel zonder te weten wat er was gebeurd en tot de kerosine opraakte. Omdat hij in de diepe nacht geen veilige landingsplaats kon vinden, katapulteerde hij zichzelf met een valscherm uit de machine en liet het vliegtuig vervolgens neerstorten.

Eerste valschermsprong

Hess had nog nooit een valschermsprong uitgevoerd en deze was dus zijn eerste. Een sprong in het onbekende. Hij zag niet wat er onder hem lag en wist niet waar hij zou landen. Het was een donkere nacht, en misschien zou hij neerkomen op een dak of in de bomen. Zijn landing was hoe dan ook ruw, Hess brak zijn been tijdens de operatie.

Gevangengenomen

Troepen van de zogenaamde 'Home Guards,' die Churchill had gestationeerd rond Dungavel Castle, vielen Hess aan en namen hem gevangen. Dit bericht werd onmiddellijk doorgestuurd naar Churchill.

Oxford

Churchill was in Oxford. Daar wilde hij afwachten hoe de vlucht van de plaatsvervanger zou gaan. Daarnaast was hij daar buiten gevaar omdat hij ook permanent op de hoogte bleef van de gelijktijdige grote aanval op Londen.

Genoegdoening

Hij wreef zich vol genoegen in de handen. Het feit dat Hess niet was omgekomen, zoals gepland, zou enkele ongemakken met zich mee kunnen brengen. Maar hij was tenminste gevangengenomen. Churchill leunde tevreden terug en liet weten dat hij graag zijn film wilde uitkijken, waarschijnlijk was het de film Casablanca met Ingrid Bergmann in de hoofdrol. De dag daarna zou hij de zaak van naderbij bekijken.

Casablanca

Casablanca is een gesofisticeerde propagandafilm en geniet ook nu nog een cultstatus. In die tijd was deze Marokkaanse stad nog steeds in handen van de Franse Vichy-regering. Daarom werd de film volledig in Hollywood gemaakt. Het beroemde café in Casablanca bestond helemaal niet. Ondertussen werd de filmset volledig nagebouwd, zodat nieuwsgierige toeristen deze nu kunnen bezoeken.

Leak (5.7)

Nadat Douglas ons op de meest boeiende manier over deze vlucht had verteld, waren we allemaal nieuwsgierig naar het lek, waardoor de Britse inlichtingendienst op de hoogte werden gebracht van de plannen en deze vervolgens kon dwarsbomen.

Maar daarvoor moesten we allemaal opnieuw aan de champagne om met een stevige slok de spanning van dit verhaal door te spoelen.

Voorgeschiedenis

Douglas begon en legde uit dat het verhaal ver terugging in de tijd. Het was allemaal begonnen in 1936, ter gelegenheid van de Olympiade in Berlijn. Dit evenement moest officieel worden geboycot. Slechts een paar hooggeplaatste Engelse politici, die gewoonweg gek waren van sport, verzetten zich tegen dit voorstel en gingen er toch heen. Er namen dan ook Engelse atleten aan deel. Het aanvankelijke plan om de deelname van het hele Britse team op te schorten, was mislukt.

Hofmakerij

De weinige hooggeplaatste politici werden daarom op een bijzonder eervolle manier door Hitler en zijn grootsten in de watten gelegd. Het spreekt voor zich dat Churchill nog liever was doodgevallen, dan dat hij deze Olympiade bijgewoond had.

Dansen rond de top

Hess hield zich in het bijzonder bezig met mijn grootoom, de veertiende Hertog van Hamilton, waarvan hij wist dat het de belangrijkste piloot was geweest tijdens de eerste vlucht over de Mount Everest. Hess was zelf een uitstekend piloot, die tijdens de vliegtuigwedstrijd 'Rund um die Zugspitze' tot twee keer toe een prijs had gewonnen. Een keer eindigde hij als tweede en hij had zelfs een keer de hoogste trede van het podium mogen betreden. Daardoor hadden de twee veel gesprekstof en een vriendelijke relatie, vooral omdat de communicatie ook geen problemen opleverde. Hess sprak perfect Engels en vloeiend Frans. Mijn grootoom sprak ook een aardig mondje Duits.

Appeasement

Toen Neville Chamberlain het Verdrag van München had getekend en klaar was om de oorlog te beëindigen na de Septembersamenzwering, kreeg hij onverwachts zware maagkrampen. Zijn persoonlijke arts kon alleen maar kanker vaststellen, waaraan hij zes maanden later zou sterven. Hitler moest nu op zoek gaan naar liefhebbers van de vrede in de Britse regering. De neurotische sabelschurk of 'swashbuckler' mocht als enige tiran nooit de overhand krijgen.

Halifax

Hitler zelf kende er maar één, namelijk Halifax, waarmee volgens hem een redelijk gesprek mogelijk leek. Hij had hem vlak voor het uitbreken van de oorlog uitgenodigd op het Berghof en Halifax had grote indruk op Hitler gemaakt. Hij was minister van Buitenlandse Zaken en Hitler beschouwde hem als de meest capabele Engelse politicus in die tijd.

Smalspoorfilm

Van dit samenkomen zijn er zelfs filmopnames. Eva Braun had ze voor haar rekening genomen. Officieel was ze de assistente van de hoffotograaf Hoffmann, waardoor de staatsgasten niet merkten wanneer ze aan het filmen was. In de opnames ontbrak echter het geluidspoor.

Liplezen

Het tijdstip van de opname was in juli/augustus 1939, een paar weken voor het uitbreken van de oorlog met Polen in Gdansk. Het gesprek werd in het Duits gevoerd. En Halifax, die een van de weinige 'insiders' was en wist van de oorlogsvoorbereidingen van FDR, verried aan Hitler hoe ver de oorlogsindustrie inmiddels was gevorderd in de Verenigde

Staten. Hitler was geschokt. Zo'n enorme kracht aan wapens was onmogelijk te verslaan. En ten laatste in 1942 zou het zover zijn.

Deze informatie kennen we pas sinds begin 2017 en werd verkregen doordat experts de lippen van Hitler en Halifax konden lezen. Welk doel Halifax nastreefde met deze informatie is nog niet volledig duidelijk, misschien wilde Halifax Hitler waarschuwen om de oorlog tegen Polen te starten. Dat zou echter niets afdoen het feit dat de machtige elites in de Verenigde Staten op z'n laatst in 1942 de oorlog tegen Duitsland te beginnen en deze al sinds 1932 hadden voorbereid. Men spreekt van de "regel van tien jaar," die nodig zijn om een militaire verdediging van dit kaliber te realiseren.

Voorstel van Hess

Hij was de afgevaardigde van Hitler, een minister zonder agenda – uniek in de geschiedenis. Hij was wel gemachtigd om verdragen te ondertekenen. Zijn handtekening had dezelfde status als Hitlers eigen. Ook had deze een uitstekende relatie met Lord Douglas-Hamilton, de grote pionier van de luchtvaart en een van de meest invloedrijke mensen in de Engelse politiek.

Hij wist ook van zijn vriendschap met vliegfanaat Koning Edward VIII, die vanwege zijn sympathie voor Duitsland gedwongen werd om af te treden. Hij was daarnaast ook nog een goede vriend van zijn jongste broer George, de eerste Hertog van Kent, die overigens ook een fervent piloot was. Hij was op de hoogte van zijn haat voor Churchill, die naar zijn mening een stroman was van de top van de Amerikaans financiën rond Baruch, en het Britse rijk ruïneerde.

Haushofer

Hess kende ook iemand die contact kon maken met Douglas-Hamilton, namelijk zijn secretaris Haushofer Junior via zijn vader. Professor Haushofer had relaties in alle hoofdsteden van de wereld. Hij was professor aan de Universiteit van München en had een nieuw vak geïntroduceerd – 'Geopolitiek.'

Burckhardt

Deze man was de hoogste leider van het Rode Kruis in Zwitserland en had zelfs in oorlogstijden contacten in de strijdende landen. Als trouwe vriend van de oude Haushofer was hij bereid om het contact tussen Hess en Douglas-Hamilton tot stand te brengen.

Medewerkers van SIS

Wat Hess en Haushofer echter niet wisten, was dat een hulpdienst als het Rode Kruis vaak moest samenwerken met de geheime dienst van de getroffen landen. Daardoor landde de volledige informatie-uitwisseling tussen Hess en Hamilton als eerste op het bureau van de SIS. Churchill, als hoofd van de SIS, besefte natuurlijk meteen dat het over zijn eigen afzetting ging. Hij doekte de relevante afdeling van de SIS officieel op en liet deze nu uitsluitend onder zijn commando verder werken. Churchill zette een hoofdkwartier op in Chartwell, in zijn eigen tuin. Hij besliste welke informatie werd doorgegeven aan de algemene SIS, waartoe ook de 'samenzweerders' toegang hadden. Op die manier werd het verraad van de 'putschisten' niet bemerkt.

Verkeerde theorieën

Toen aan het licht kwam dat het plan van Hess verraden was, had Duitsland onmiddellijk een verklaring. De secretaris van Hess was een jood (zijn moeder was joodse). Hij werd beschuldigd Churchill over het plan te hebben geïnformeerd en werd onmiddellijk gearresteerd.

Werkvergunning

Hess wist dat zijn secretaris Joods was, maar vertrouwde Haushofer volkomen. Hij probeerde zelfs persoonlijk een werkvergunning voor hem te regelen. Ook de vader was niet verdacht. Hess had tenslotte bij hem gestudeerd en was zelfs zijn favoriete student geweest. De twee hielden er een hechte vriendschap op na. De verdachtmaking van de jonge Haushofer was zeker niet gerechtvaardigd.

Probleem

Er was nog een probleem. Het publiek mocht niet te weten komen dat een mede door Hitler bedacht project mislukt was. Het paste helemaal niet bij het imago van de leider. De Führer moest onfeilbaar zijn in de ogen van de burgers. Daarom werd aangekondigd dat de leider beslist niet op de hoogte was van het project van zijn plaatsvervanger. Hitler verklaarde dat Hess had gehandeld uit absurd pacifisme en zonder zijn medeweten. De gevangenneming van Haushofer Junior werd gerechtvaardigd door het feit dat hij de intentie van zijn overste niet aan Hitler had gerapporteerd.

De Engelse pers (5.8)

Churchill vertelde de pers dat er een machtsstrijd woedde in Berlijn, en dat Hess voor zijn leven vreesde. Daarom zou hij naar Engeland zijn gevlucht.

"Bruine grasparkiet ontsnapt," luidde de titel op de eerste pagina van een krant.

"Plaatsvervanger van de Führer raakt zijn verstand kwijt," kopte een ander dagblad.

Ondervragingen

Alle personen die ten tijde van de geplande landing in Dungavel Castle aanwezig waren geweest, werden grondig verhoord. De Hertog zelf was als eerste aan de beurt. Hij was de heer van het kasteel en had vele gasten uitgenodigd. Dungavel Castle was trouwens geen hoofdkwartier, maar een jachtslot. Douglas-Hamilton had twee hertogtitels en zijn hoofdkwartier was gelegen in een grandioos paleis, dat meteen duidelijk maakte welke rol hij in Groot-Brittannië speelde.

Smaad

Churchill was goed geïnformeerd en de ondervraging van de Hertog was eigenlijk overbodig. Churchill had direct door dat de ontkenning van de Hertog gelogen was. Maar deze leugen paste precies in zijn concept en hij speelde deze dan ook meteen door aan de pers. De mentaal verwarde Hess had gedacht dat hij de Hertog, die hij in Berlijn tijdens de Olympische Spelen had ontmoet, kon overtuigen van een vredesovereenkomst. Deze zou zich van die bijeenkomst nu niets meer herinneren, en toen hij lijnrecht tegenover Hess kwam te staan, beweerde hij staalhard dat hij Hess nog nooit had gezien.

Onteigening

Churchill deed alsof hij de Hertog geloofde. Een straf zou niet uitblijven, maar de Hertog zou nooit gelinkt mogen worden aan de feitelijke gebeurtenissen. Het ontstaan van een interne machtsstrijd met deze invloedrijke familie te midden van de oorlog, was dan ook allesbehalve wenselijk.

Pas jaren later, in 1947, werd het jachtslot onteigend. Dat het mogelijk een bedevaartsoord zou kunnen worden voor Engelse nazi-volgelingen, werd gebruikt als voorwendsel. De gedwongen verhuizing viel de familie erg zwaar, in het bijzonder omdat vele van hun voorouders begraven lagen in het park van het landgoed.

Beruchte gevangenis

Het prachtige landgoed werd nu geherstructureerd tot een gevangenis van het ergste soort. Er was geen enkele andere gevangenis die voor zoveel schandalen zorgde als deze. Dat was precies de bedoeling geweest. Het aanzien van deze plek moest volledig met de grond gelijk worden gemaakt.

Vluchtelingenkamp

Het werd nog erger. Asielzoekers die op het punt stonden om te worden gedeporteerd, werden er nu vastgehouden. Demonstraties en tegenbetogingen wisselden elkaar voortdurend af, waarna men besloot om het hele complex te slopen.

James Douglas-Hamilton

Hij is een van de zonen van de hertog en heeft een boek geschreven, dat overigens te koop is bij Amazon. Het draagt de titel 'The truth about Hess.' Ik heb het boek niet gelezen, maar ik heb de indruk dat hij niets nieuws te melden heeft. Men heeft hem hoogstwaarschijnlijk vriendelijk aangespoord om de bekende halve waarheden nog maar eens te bevestigen in een publicatie.

Omdat de papieren over de vlucht van Hess tot 2041 achter slot en grendel liggen, kan ervan worden uitgegaan dat er nog steeds een geheim bestaat, dat nog niet mag worden gepubliceerd. Een geheimhouding van honderd jaar is zeer ongebruikelijk.

George, eerste hertog van Kent (5.9)

Churchill wist dat deze jongste broer van de koning de toekomstige koning van de 'coup-regering' zou moeten worden. Edward VIII, die gedwongen was om afstand te doen, zag geen andere mogelijkheid dan terug te keren naar Engeland vanaf de Bahama's, waar hij in ballingschap zat. Hij zou klaar zijn geweest om de koningstitel terug op te nemen.

George getuigde tijdens de hoorzitting dat hij in het jachtslot vaak samenkwam met zijn vliegkameraden, omdat de landingsbaan van het landgoed een snelle ontmoeting mogelijk maakte. Zijn intimus in die tijd, Noel Coward, was er meestal ook bij.

Churchill nam ook dit excuus gretig aan. Het klonk dan ook erg aannemelijk. De 'gasten' hadden dus ook helemaal geen idee dat Hess onderweg was.

Bestraffing

Met de strafbepaling moest echter voorzichtig worden omgegaan, ook omdat George, de lieveling van het volk, ondanks de mislukte machtsovername, een serieuze tegenstander was en bleef. De militaire inlichtingendienst MI5 besloot koudweg de motoren van zijn vliegtuig te manipuleren. Toen hij met zijn acht voornaamste medestrijders werd ingezet voor een militaire actie, waarbij hij de Atlantische Oceaan moest oversteken om naar Newfoundland te vliegen, stortte de 'Short Sunderland' kort na de start neer. Alle inzittenden waren op slag door. Het werd verkocht als een technisch defect.

Weduwe

Zijn vrouw, Marina van Griekenland en Denemarken, had de hertog acht weken eerder een zoon geschonken, die nog steeds in leven is. Churchill vertelde haar na de dood van haar man dat ze haar residentie moest verlaten. Hij beschouwde alleen haar echtgenoot als lid van de koninklijke familie. Ze ontving geen jaarlijkse dotatie voor haar levensonderhoud en dat van de kinderen. Dotaties waren uitsluitend weggelegd voor leden van het koningshuis.

George V

Hij was de oudere broer en vader van de huidige Queen Elizabeth. Hij nam de weduwe van zijn jongste broer en hun drie kleine kinderen onder de vleugels en gaf hen een paar kamers in Kensington Palace. Daarnaast schonk hij hen ook geld uit zijn privéfortuin, zodat de moeder zichzelf en haar kinderen kon voorzien.

Eigenlijk had Marina een weduwepensioen moeten krijgen. Het 'ongeluk' had namelijk plaatsgevonden tijdens een militaire actie in een tijd van oorlog.

Huur

Toen hun kinderen later de volwassen leeftijd hadden bereikt, maar nog geen eigen inkomen hadden, woonden ze nog steeds in Kensington Palace. In het parlement werd de vraag opgeworpen of ze ook voldoende deelden in de onkosten, want het onderhoud van het paleis viel behoorlijk duur uit. Het paleis zelf was eigendom van de koning, maar de staat droeg bij aan de onderhoudskosten. Hun 'huurprijs' werd als te laag bevonden. Naast de geldboete, zouden ze nu ook jarenlang achterstallige huur moeten afbetalen. Omdat ze deze bedragen onmogelijk konden betalen, nam Elisabeth II, die intussen koningin was geworden, de kosten volledig over.

Afzetting

Hoe de afzetting van Churchill in het werk moest worden gesteld, was niet duidelijk. Moest hij gevangengenomen worden of simpelweg worden weggestemd in het parlement? Na de laatste grote luchtaanval was iedereen in Londen het erover eens dat er nu definitief een einde moest komen aan deze zinloze en 'onnodige' oorlog. Niemand geloofde nog in een verovering van het eiland door de Duitsers, ondanks dat Churchill er een echte sport van het gemaakt om deze angstvoorstelling in leven te houden. "Vecht op de stranden, verdedig de huizen en de tuinen!" Welke voordelen zouden de Duitsers eigenlijk uit de verovering van Engeland halen, en andersom? Welk voordelen zouden de Britten na een overwinning op de Duitsers wachten? Deze oorlog werd uitsluitend uitgevoerd in het belang van de financiële top in de Verenigde Staten, die Duitsland als sterke economische factor, met name op het gebied van de buitenlandse handel, wilden uitschakelen. De buitenlandse handel van de Duitsers viel namelijk niet onder de controle van het economische wereldcentrum, het World Trade Center in New York en de Duitsers verhandelden niet in dollars.

Verlangen naar vrede

De toekomstige koning wilde het vredesverlangen van het volk ondersteunen en vrede sluiten. Zijn vriend Noel Coward wilde hem hierin bijstaan en met zijn lied de verzoenende stemming, "laten we niet beestachtig zijn voor de Duitsers," kracht bijzetten. De song begint met: "Don't let's be beastly to the Germans."

Dat kon nu niet meer worden getolereerd omdat de samenzwering tenslotte aan het licht was gekomen. Dit nummer werd toegevoegd aan de lijst met verboden nummers, de "List of Songs Banned by the BBC!" en mocht niet in het openbaar worden gespeeld.

Misverstand

Het lied was aanvankelijk erg geliefd en populair. "When performed live, he demanded several encores!" Zo enthousiast zou Churchill zijn geweest over het nummer. De Duitsers werden als ratten bestempeld: "the rats." En in de laatste strofe zijn het "the Huns": de Hunnen, omdat ze officieel zo werden genoemd. Er wordt letterlijk verwoord dat Beethoven en Bach erger zijn dan de "nasty nazi's," waardoor deze meteen de status van een 'Jack the Ripper' of een 'Mackie Messer' kregen toebedeeld.

Herinterpretatie

Nadat hij echter vernam dat Coward zich achter de beëindiging van de oorlog had gezet, beoordeelde Churchill het lied anders. Nu was de eerste strofe een schandaal en een provocatie, omdat ze letterlijk bedoeld was. Men moest zich niet "beastly" gedragen tegenover de Duitsers, zich gedragen als een beest. Dit kwam nu zowat overeen met hoogverraad.

Noel Coward

De populairste entertainer uit Londen mocht er nu op rekenen dat zijn evenementen zouden worden geboycot. In de pers kreeg hij alleen slechte recensies. Optredens werden niet meer georganiseerd en hij werd een persona non grata.

Vandaag de dag is hij niet langer officieel verboden, maar wordt hij gewoon niet meer gezongen. Het is de tweede natuur geworden van de Engelsen om zich vijandig te uiten tegenover de Duitsers. Het is nu nog altijd een emotioneel geladen onderwerp, waardoor vele Britten nog steeds categorisch weigeren om "We willen toch niet zo beestachtig zijn tegenover de Duitsers" te zingen.

Optreden

Geheel in tegenspraak met de tijdgeest en de algemene stemming, waarschijnlijk ook tegen de 'political correctness,' zong Douglas, begeleid door Lizzy op de piano:

"Don´t let´s be beastly to the Germans"

Tekst

Don´t let´s be beastly to the Germans
When our victory is ultimately won,
It was just those nasty Nazis who persuaded them to fight
And their Beethoven and Bach are really far worse than their bite
Let´s be meek to them
And turn the other cheek to them
And try to bring out their latent sense of fun.
Let's give them full air parity
And treat the rats with charity,
But don't let's be beastly to the Hun.

En ik moet zeggen dat het optreden met deze achtergrondkennis een erg bijzondere aangelegenheid werd voor ons allemaal.

Levering aan de deur

Precies op het juiste moment – perfecte timing – belde de bezorgdienst aan en bracht ons het middernachtsdiner, 'le souper.'

Helaas waren er wat problemen met de Hongaarse kok. Hij wilde beslist goulashsoep met paprika en zoete pannenkoeken gevuld met bosbessen voor ons klaarmaken. Lizzy koos in plaats daarvan al snel voor McDonalds. Hamburgers waren in een mum van tijd klaar en kwamen vers uit een nabijgelegen restaurant. Daarbij dronken we allemaal een Guinness.

Speculatie (5.10)

Na de maaltijd was er een discussie. Onderwerp: Wat zou er vandaag anders zijn als de oorlog in die tijd daadwerkelijk zou zijn gestopt?

Indonesië

Zouden de Nederlanders nog steeds de prachtige eilanden Sumatra, Java, Bali, enzovoort hebben, waar ze de meest heerlijke kruiden vandaan haalden? In die tijd hadden de Japanners ze nog niet bezet. Toen deze zich in 1945 moesten terugtrekken, liet Soekarno de voormalige koloniale heersers echter het land niet meer binnen. Nederland was verwoest omdat ze na de landing van de geallieerden in Normandië en de gevechten op hun grondgebied zo verzwakt waren geraakt, dat ze niet langer in staat waren om een terugkeer af te dwingen.

Indochina

Hetzelfde geldt voor Vietnam, Cambodja en Laos. In 1941 was Indochina nog steeds in handen van de Fransen, de Vichy-regering, die later de Japanners het recht zouden geven om het land te bezetten en tot 1945 in handen te houden. Toen de Japanners zich in 1945 echter moesten terugtrekken, wilde de lokale bevolking niets meer weten van de toenmalige Franse koloniale heersers en al helemaal niet van de Amerikanen, die in augustus 1964 het incident in de Golf van Tonkin hadden veroorzaakt om Vietnam binnen te kunnen vallen.

India

Gandhi had al eerder onafhankelijkheid voor India bereikt, maar in 1947 werd India definitief soeverein. Deze onafhankelijkheid van India was met het oog op de krijgsacties van eind 1941-1945 beslist anders verlopen.

Afrika

Belgisch Congo, Kenia, Rhodesië, ... alles brokkelde langzaam af. De onafhankelijkheid werd bereikt, zelfs in Senegal, Nigeria, Kameroen, ... Het kiesrecht voor de Algerijnen duurde langer. Algerije, dat zo belangrijk was voor Frankrijk dat het zelfs tot deel van het moederland werd verklaard.

Zekerheid

Allemaal speculaties, daar waren we het unaniem over eens. Zeker was dat zes weken na de vlucht van Hess, Hitler zijn aanval op Rusland, operatie 'Barbarossa,' inzette. Het blijft echter onduidelijk wat het verband was tussen deze onaangekondigde oorlogsaanval en de vlucht van Hess. Was de aanval toch vooraf geregeld of werd hij alleen uitgevoerd omdat de coup met Hess mislukt was?

Catastrofe

Het is ook zeker dat de beslissing om Rusland aan te vallen heeft geleid tot de grootste ramp in de Tweede Wereldoorlog: het onmetelijke lijden van de Russische bevolking, de onmenselijke inspanningen van de Duitse soldaten, en aan wat de joden de Shoah of Holocaust noemen. Het is allemaal begonnen met de invasie van Rusland.

Endlösung van het Jodenvraagstuk

In een toespraak in 1939, kort na de Poolse veldslag, verklaarde Hitler: "Als de joodse financiële top in Wall Street de wereld in een Tweede Wereldoorlog dwingt, zoals ze dat in de Eerste Wereldoorlog hebben klaargespeeld, dan is het einde niet de vernietiging van het Duitse volk, maar de vernietiging van het jodendom in Europa."

Hij was van mening dat de echte heersers in de Verenigde Staten de grote banken waren, met name 'Rothschild,' 'Rockefeller,' 'Lehman Brothers,' 'Goldman Sachs,' 'Morgan Stanley,' 'Warburg,' enzovoort. Ze waren toevallig allemaal joods en daarom bedoelde Hitler dat de joden de echte vijanden van het Duitse Rijk waren.

Het probleem Hess

Hij was niet omgekomen bij het neerstorten van zijn vliegtuig. De parlementsleden en de leden van de regering hadden het recht om te weten wat hier precies was gebeurd. Churchill kon geen kant meer uit en wees een onderzoekscommissie aan.

Vrees

Hij had de grote angst dat als de afgevaardigden over het vredesaanbod van Hitler zouden horen, ze zouden kunnen stemmen voor een vredesakkoord. Hij had vroeger al drie grote initiatieven onder de mat geveegd, zonder dan ook maar iets aan de leden van de regering te laten weten.

Pacelli

Hij was de ambassadeur van het Vaticaan in Berlijn. Later werd hij verkozen tot paus Pius XII. 'Hitler's Pope,' zoals Churchill hem noemde. Pacelli beloofde de Engelse regering dat Hitler de status-quo ante aan het einde van de oorlog zou afkondigen. Dit betekende dat Frankrijk zijn soevereiniteit zou herwinnen binnen de voormalige grenzen, met uitzondering van Elzas-Lotharingen, die Duits zou blijven. Ook Polen zou zijn oude grenzen mogen herstellen. Alleen de stad Danzig, die voor 98% door Duitsers werd bewoond, zou door de Duitsers zelf worden beheerd en dus niet langer onder Pools bestuur blijven. Pacelli kon echter geen beloftes maken omtrent het staatsgebied Polen, dat inmiddels door de Russen was bezet.

Koning van Zweden

Zweden, dat neutraal was gebleven in het conflict tussen Engeland en Duitsland, trachtte ook een bemiddelende rol te spelen – zonder succes.

De grote industrieel Dahlerus, geautoriseerd door de Duitse grote industrie, ondernam een initiatief, dat eveneens uitdraaide op een mislukking. Churchill had alle pogingen om de oorlog te beëindigen getorpedeerd omdat hij FDR had beloofd om de voorwaarden voor een grote oorlog te creëren. En ook omdat hij afhankelijk was van de financiële steun, die hij regelmatig van Baruch ontving.

Dagelijks telefoneren

In het dagelijkse telefoontje met FDR, dat hij vanop de 'loo' in de 'war rooms' pleegde en waarvan de leden van zijn oorlogskabinet in de aangrenzende conferentieruimte niet eens wisten, ontving hij dagelijks rechtstreekse instructies van het Amerikaanse machtscentrum. Hij wist dat hij alleen met het enorme wapenarsenaal van de Verenigde Staten deze oorlog kon winnen en ook dat FDR elke dag op de gelegenheid wachtte om tussenbeide te komen in het geval van oorlog. Dat zou gebeuren zodra de vredeswil van het Amerikaanse volk werd gebroken. En dat gebeurde in 1941, zes maanden na de vlucht Hess en tot groot genoegen van Churchill, toen de Japanners – zogezegd uit het niets – Pearl Harbor aanvielen.

Gevaar

Maar zover was het nog niet, want Hess moest nog worden voorgeleid aan de onderzoekscommissie. De details van zijn vredesplan mochten echter nog steeds niet uitlekken. Om dit te voorkomen, liet Churchill hem zo volpompen met medicatie dat hij zich als een waanzinnige ging gedragen, zijn geheugen verloor en alleen maar wartaal uitsloeg.

Resultaat

De commissie constateerde dat ze een psychiatrisch patiënt voor zich hadden, die alleen maar onzin uitkraamde over het feit dat Duitsland zijn kolonies terug wilde hebben en dat hij zelf geen mandaat of autoriteit had om te onderhandelen. Hij was weggevlucht zonder medeweten van de Führer en uit eigen beweging en zonder overeenkomst met Douglas-Hamilton naar Dungavel Castle gevlogen – volkomen gedesoriënteerd.

Adaptatie

Dit oordeel werd bereidwillig aangenomen in Berlijn. Toegeven dat een delicate missie, waar Hitler mee achter zat, mislukt was, zou politiek problematischer zijn geweest dan toe te geven dat een minister zijn verstand verloren was geraakt.

Letsel

De gedrogeerde roes die Hess geforceerd had moeten ondergaan, duurde enkele dagen en heeft ook geleid tot permanente hersenschade. Zelfs jaren later, tijdens het proces in Nuernberg, werd dit duidelijk zichtbaar door zijn verwarde blik, de geheugenstoringen en zijn vreemde houding.

Heldere momenten

Af en toe had Hess ook heldere momenten. De medicijnendosering was waarschijnlijk ook niet altijd dezelfde. In zo'n helder moment schreef hij de Engelse koning.

Brief aan de koning

Hij beklaagde zich over de psychotisch makende stoffen die aan zijn dieet werden toegevoegd en hem dwongen zaken te zeggen die geen steekhielden.

Wetenschappelijk onderzoek

De brief landde daadwerkelijk bij George VI, die vervolgens een psychiatrisch onderzoek beval. De professoren kwamen tot de conclusie dat het bij Hess om een geval van autosuggestie ging en dat zijn aantijgingen ongegrond waren.

Deskundigenrapport

Er werd ook een deskundigenrapport opgesteld over de persoonlijke toestand van Hess. De wetenschappers hadden vastgesteld dat Hess infantiel was en duidelijk was achtergebleven in zijn ontwikkeling. Zijn mentaal vermogen was daardoor beperkt, men zou zelfs kunnen spreken van iemand met een verstandelijke beperking.

Diagnose vanop afstand

Bij deze gelegenheid werd onmiddellijk opgemerkt dat zijn 'baas' Adolf Hitler op dezelfde manier kon worden gediagnosticeerd. Wat altijd al werd aangenomen, kon nu zwart op wit en wetenschappelijk feilloos worden vastgesteld: Onder de hoogste kaders van de nazi's kon er geen enkele tot drie tellen. Eindelijk een officieel resultaat.

Waarzegster

Volgens de Engelse pers hadden Hess en Hitler ook een klein detail gemeenschappelijk. Hess zou een waarzegster naar het juiste tijdstip hebben gevraagd voordat hij vertrok. Van Hitler wordt beweerd dat hij voor elke beslissing het advies had ingewonnen van een waarzegster. Ik geloof dat niet, maar dat is wat de kranten zeiden.

Nadat Hitler de ingenieuze helderziende Hanussen had laten vermoorden omdat deze niet altijd zei wat Hitler wilde horen, en ook omdat hij joods was, moest Hitler uiteindelijk genoegen nemen met een traditionele waarzegster.

Abracadabra

Voorafgaand aan de grote aanslag op Londen, had Hitler naar verluidt aan een waarzegster om het juiste moment gevraagd – haar tijdstip kwam toevallig overeen met het tijdstip dat Hess had gehoord van zijn waarzegster alvorens hij vertrok. De kans is groot dat ook dit 'fake news' was. Hitler had zijn waarzegster verteld dat hij met 500 vliegtuigen de stad Londen wil aanvallen.

Zij, in trance:

—"when the moon is in the seventh house."
Ik zie 500 vliegtuigen vliegen over Londen.
And Jupiter aligns with Mars
Over het water, over het Kanaal
Dan hocus pocus oh oh oh

Haar uitleg was redelijk vaag, maar het lijkt hem de indruk te geven dat haar verklaring een positief voorteken was. Kort daarna zou Hitler het bevel hebben gegeven om met de aanval van start te gaan.

Conclusie

Hess raakte er meer en meer van overtuigd dat na de mislukte confrontatie met de parlementariërs, zijn missie onmiskenbaar mislukt was en hij wilde zich beroven van het leven. Hij schreef een afscheidsbrief en stortte zich naar beneden in het trappenhuis. De val kende geen dodelijke afloop, maar hij raakte wel zwaargewond.

Afscheidsbrief

Er was dus nog die afscheidsbrief. Op zijn grafsteen zou de zin: "Ich hab's gewagt" moeten komen. Het is het begin van een gedicht van Ulrich von Hutten. Hij wilde uitdrukken dat hij op deze vlucht alles had ingezet en er ook zijn eigen leven voor had geriskeerd, en dat hij er geen spijt van had gehad, ook al mislukte het volledige plot door verraad. Als teken van trouw aan zijn vaderland en zijn redding van vernietiging, zag hij dit als zijn plicht.

Ulrich von Hutten

Ich hab´s gewagt mit Sinnen,
Und trag des noch kein Reu,
Konnt ich auch nicht gewinnen,
noch muss man spüren Treu.

Afgesloten en geklasseerd

Alle documenten en optekeningen over Hess' vlucht blijven achter slot en grendel tot 2041. Dat is 100 jaar na de historische gebeurtenis. Het is de langste termijn die ooit opgelegd is voor een dergelijk evenement. Er moet iets zijn dat het publiek nog steeds niet mag weten.

Praktische verklaring

Al het belastend materiaal voor Churchill is gegarandeerd al lang geleden verdwenen. Het bestaan van een lege, afgesloten kluis is hoogstwaarschijnlijk alleen te wijten aan de overweging dat het schandaal van vernietigde documenten in 2041 veel kleiner zou uitvallen. In 2041 zou toch iedereen, behalve een handvol historici, al lang vergeten zijn wie Hess was, en mensen die nog steeds herinneringen hebben aan de tijd van de Tweede Wereldoorlog overleden zijn.

Dankwoord

Houston eindigde de avond met een dankwoord aan Douglas en Lizzy. Hij kondigde aan dat het de volgende avond, de zesde avond, zou gaan over de Russische veldslag. En toen wachtte er nog een grote verrassing.

Trompet

Lizzy had zichzelf al gepresenteerd als pianiste, maar nog niet als zangeres. Nu wilde ze aan het einde van de avond een van haar favoriete nummers brengen: 'Summertime' van Ella

Fitzgerald. Een nog grotere verrassing was dat Douglas haar wilde vergezellen op de trompet, net als Louis Armstrong Ella in die tijd had vergezeld. Zelfs zijn beste vrienden wisten niet dat hij, een echt muzikaal genie, niet alleen gitaar en drums kon spelen, maar ook goed overweg kon met de trompet.

Einde van Deel 1